W0294001

# L'Enfance unique

La collection Espace Nord rassemble des titres du patrimoine littéraire belge francophone. Elle offre un catalogue d'auteurs remarquables et veille à la réédition d'œuvres devenues indisponibles. Propriété de la Fédération Wallonie-Bruxelles, la collection est gérée par Les Impressions Nouvelles qui ont réalisé le présent volume.

**www.espacenord.com**

FÉDÉRATION
WALLONIE-BRUXELLES

© 2022 Communauté française de Belgique pour la présente édition
© Weyrich Édition (édition originale publiée en 2017
dans la collection « Plumes du coq »)

Illustration de couverture : © collection privée (Frédéric Saenen).

ISBN : 978-2-87568-572-8
Dépôt légal : D/2022/12.583/9

Droits de traduction et de reproduction réservés pour tous pays.
Toute reproduction, même partielle, de cet ouvrage est strictement interdite.

Frédéric Saenen

# L'Enfance unique

ROMAN

Postface de Laurence Boudart

ESPACE NORD

*À Ginette Saenen et à Pablo*
*Pour Bénédicte*

# AVERTISSEMENT DE L'AUTEUR

La question de savoir comment traiter les mots et expressions en langue wallonne présents dans ce texte s'est posée à maintes reprises au cours de sa rédaction, jusqu'au bout en somme. Fallait-il les livrer tels quels, sans traduction, et laisser le lecteur se débrouiller, avec le secours du seul contexte pour les appréhender ? Composer un glossaire, à la manière d'un dictionnaire, auquel se reporter en fin de volume ? Ou recourir à des notes de bas de page, au risque de conférer à l'ensemble de pesantes allures scientifiques ?

J'ai opté pour une solution plus « organique ». Chaque mot relevant de la langue orale-populaire qui a baigné mon enfance figure en italique, suivi d'un astérisque. Par trois fois, ces termes opaques font l'objet, selon leur ordre d'apparition et en gras, d'un ensemble d'annotations personnelles. Ce sont mes « primoglossies ».

Cette façon de procéder – qui ne souffre que quelques rares exceptions, pour des phrases plus longues, traduites intégralement en bas de page – épargne au lecteur d'interrompre sa progression par d'incessants allers-retours vers une partie annexe ; quant à moi, elle me permet de gloser ce lexique intime en le faisant entrer en résonance avec son contexte vécu plutôt que de le nécroser par une stricte définition ; elle prolonge l'exploration de ma « Langue première » en l'associant à d'autres souvenirs, d'autres sensations, d'autres émotions.

J'ai tenté de respecter au mieux les règles du wallon écrit. Néanmoins, certaines orthographes (notamment celles des jurons, rarement référencés dans les dictionnaires) demeurent intuitives…

Frédéric Saenen

# I

## Les questions

L’ancien monde, c’est le monde en amont ?
L’ancien monde, c’est la Langue première ?
L’ancien monde, c’est l’enfance ?
L’ancien monde, ce sont les racines ? C’est le temps ?

# II

## La Langue première

Cela a duré des années. Chaque nuit, entre mes dix et mes dix-huit ans. Cela se tramait durant cette période floue de semi-conscience où les objets semblent ployer sous l'épaisseur de l'obscurité, déviant de leur position initiale pour mieux s'infiltrer sous la paupière lourde. À la seconde où je perdais pied, happé par le sommeil, je rabattais les couvertures et me redressais, terrorisé, en hurlant : j'avais avalé ma langue et j'allais mourir dans l'instant à venir, de la pire façon qui soit, par étouffement.

Pourquoi cette angoisse de l'obstruction de mon gosier ? À quoi tient cette peur, me saisissant encore aujourd'hui au moins une fois par repas, que la nourriture passe « par le trou du dimanche », comme le dit l'expression wallonne, et qui suscite ma phobie de ces aliments filandreux, ruminables à l'infini, impossibles à disloquer – le jambon de Parme par exemple, les haricots mal effilés, les asperges ? Quel traumatisme fondateur instilla en moi ces cauchemars qui me reviennent par cycle, où je me tiens devant un miroir, les lèvres serrées sur un dilemme, n'osant déglutir ni cracher les limaces, les tessons de verre, les kilométriques fils à coudre ou les épingles dont je sens qu'ils m'emplissent la bouche et s'insinuent vers mes profondeurs ? Au matin, je m'éveille la langue tuméfiée et gercée de l'avoir chiquée à grands renforts de molaires ou serrée en étau entre mes incisives, pour la maîtriser, pour l'empêcher de sombrer derrière ma glotte, bas, trop bas. Irrécupérable.

*

* *

Plus j'y pense et plus je crois que c'est ma Langue première, la tapie, la secrète, qui tente de me transmettre un message. Au moment où je me trouve à sa merci, l'esprit à la lisière des songes ou seulement occupé à mastiquer, elle m'adresse une semonce, elle me menace soudain de rejoindre l'Origine, située quelque part aux alentours de mon ombilic, de m'abandonner au silence, de m'annuler par son brusque retrait. Sans doute me reproche-t-elle de l'avoir trahie avec sa version scolaire dont l'apprentissage de l'écriture, en rondes soigneuses, m'obligeait à la sortir de son repaire sans l'utiliser pour autre chose que jouer la comédie de l'application extrême. En somme, elle ne m'a jamais pardonné d'avoir acquis le français ; en dame vexée de se sentir ridiculement travestie, elle a voulu se dérober : « Je retourne aux soubassements de l'émotion et te laisse faire plus ample connaissance avec ta maîtresse froide, sanglée de grammaire, bardée d'exceptions, strictement corsetée, tire ton plan maintenant ! »

Ma Langue première se trompe à mon sujet, néanmoins je comprends le pourquoi de sa frustration : je ne lui ai pas assez dit, non pas l'amour ou le respect que je lui vouais, mais combien elle représentait l'axe central de mon être. Un vide salutairement ventilé qui me tient debout, colonne vertébrale et structurante de soupirs et de sonorités. À moi de rattraper le coup, avec quatre décennies de retard.

*
* *

Il y a d'abord le microcosme. Des frontières de *fi d'årca** délimitant un jardin en pente, large d'une douzaine de mètres, qui dévale au loin vers un terril au pied duquel s'étire une bande d'eau saumâtre et de rouille en stagnation, en attente de tarissement : le « ru de Ruy ». Deux pigeonniers. Celui du fond est une ancienne roulotte, récupérée jadis par Grand-Popa, dépiautée de ses roues et recyclée en poulailler-*colèbîre** ; à l'avant-plan, le premier, plus élaboré, emmanchage de tôles, de planches, de toiles goudronnées, enjambe « le passage », sentier cimenté bordé par quatre longues baraques à lapins, à cages, à outils, érigées à même la terre battue, pour aboutir sous les plaques de plastique translucide de la resserre jouxtant la maison. Le microcosme qui donne sur l'univers est donc le jardin et ses précaires bâtis.

Et le son fondateur jaillit là, impossible à transcrire. Grand-Popa, casquette relevée vers l'arrière du crâne, observe le ciel. Le pigeon, en indécise approche, va tomber. Les lèvres de Grand-Popa s'arrondissent et forment un minuscule orifice, ses joues sont secouées de petits gonflements, il siffle par saccades brèves, et la note, bémol grandpatriarcal, dix, quinze, vingt fois identique, s'égrène en chapelet bref. Il n'existe ni transcription phonétique ni onomatopée pour rendre la manœuvre de séduction flûtée que Grand-Popa adresse depuis le sol à son champion bagué. La stridence s'échappe de sa cavité buccale, quitte Ruy, Hollogne-aux-Pierres, la Wallonie, et fait le tour du monde, survole Angoulême, Barcelone, rattrape le volatile, le propulse vers le but. En point d'orgue, deux syllabes sont prononcées : « *Viné** ! » La voix de Grand-Popa, d'une étoffe d'arrière-gorge, poncée par l'effort de toute une vie, comme maculée d'une pellicule de charbon, douce pourtant, oh oui, voix douce d'homme rude comme on l'imaginerait sortant des gosiers charnus des personnages peuplant les tableaux de Permeke – la voix de Grand-Popa a semé l'injonction. Le mot est lâché. Le torrent peut suivre.

*

* *

Mamy se plaît à rappeler ses origines françaises, pour preuve cette lointaine cousine de Montmartre qu'ils sont allés voir en 1949, « que Ginette était encore bébé, hein, Fredo ? »... Grand-Popa vient quant à lui de vers Tessenderlo, du Limbourg. De chez les *Flamins des gates** et les *cwarèies tièsses**. Maman et moi, nous sortons de cette improbable confluence germano-latine, et nous nous positionnons davantage en duo de frère et sœur qu'en descendance devant ce couple d'aînés. Il n'y a pas, malgré les apparences, trois générations sous ce toit, il y en a deux. L'arbre généalogique n'a poussé que d'un côté, tronqué mais puissant. À quatre, nous faisons souche, bloc, rempart. Nous vivons en famille nucléaire dans l'entité fusionnée de Grâce-Hollogne, côté Hollogne-aux-Pierres, pas Grâce-Berleur ; entre les Hollognois et les Gracieux, pas de commune mesure. Nous demeurons au numéro 203 vers les deux tiers de l'interminable rue de Ruy, qui monte en côte raide et onduleuse vers la localité de Mons-lez-Liège.

Souvent, j'insiste pour grimper à l'arrière de la Fiat grise, quand Grand-Popa doit amener Maman au travail. On serpente jusqu'en bas, on passe devant la librairie de Jeannine – créature toute en seins et bourrelets, « femme-cheval » selon l'expression que Maman emploie pour désigner les matrones que d'autres qualifieraient plus intellectuellement de « felliniennes » –, on traverse le quartier de « La Cloche » où s'est agglomérée une inexplicable concentration de garagistes, on passe outre le « village » de Jemeppe (entrecroisement de rues commerçantes organisées autour de l'église) et, face à l'arrogant cube gris d'Interbéton dressé en bord de Meuse, on stoppe au feu, systématiquement rouge « comme par un fait exprès » grommelle Grand-Popa, avant de prendre à gauche. On longe les quais de Seraing vers Liège, on traverse la portion où « ça sent toujours comme le gaz », on tourne à un vaste rond-point, et là, on dépose Maman qui sort avec son cabas, et elle fait signe en s'éloignant et part à pied en direction du quartier des Guillemins où elle est ouvreuse dans un cinéma dont je ne verrai jamais la devanture… Nous rentrons Grand-Popa et moi, vers Ruy.

*

* *

Entre trois et six ans, soit au moment du développement où le cerveau est paraît-il une éponge, j'ai été en immersion totale dans le wallon. J'entendais et parlais avec mes grands-parents cette *lingua franca* de l'infinie *margaye** que fut leur union durant un peu plus de six décennies, soit depuis leur mariage, en 1937. Le wallon était également mon passe-droit familier chez les voisins qui peuplaient le *casêre**, ruelle en cul-de-sac où je déboulais sur mon go-kart bleu à pédales, pâté de maisons ouvrières bâties en dur où j'avais mes entrées chez tout un chacun pour boire un *citroné**, grignoter une *gougouille**, dès que j'avais prononcé mon sésame de gamin bien élevé : « *Bodjou, qué novèlle, ça va-t-i ?** » La Langue première était le lieu et le lien, à la fois domaine et élément de cohésion de ceux qui l'habitaient. C'était la parole des échanges directs, de la répartie brute. Un appendice de l'esprit enduit d'une salive graissée au bon beurre et au saindoux, prêt à servir. Les choses étaient-elles plus simples alors ? Stéréotype passéiste, avec sa part de vérité. Il y avait déjà des drames, des *djalos'rèyes**, des *brognes** de part et d'autre des murs mitoyens, comme de tout temps ; mais des partages aussi, aux soirs tranquilles où les chaises de jardin se dépliaient sur les seuils et accueillaient des conversations jusqu'à pas d'heure. Non, en somme, ce n'était pas plus simple, mais il y avait une différence, de taille. On bavardait, faisait aller sa *tarame** et sa *badjawe**, se disputait, riait fort ou s'ignorait ostensiblement ; on ne ressentait guère le besoin de « communiquer ». C'était un âge d'or d'avant les connexions et les réseaux. Vivre consistait alors à jouir inconsciemment de cette légèreté verbale dont on sent, dès qu'on en est dépossédé, qu'on n'est plus tout à fait un « infans », un enfant, un *èfant**.

*

* *

Il se trouvera des gardiens de la tradition pour évoquer, avec un œil mouillant de nostalgie, le déclin de la pratique du wallon, ce langage « si savoureux » qu'il est « par bonheur » toujours loisible d'aller, une fois l'âge de la retraite venu, réapprendre à voussoyer en cours du soir et étudier comme un sanskrit local. D'autres croient en entretenir les braises en émaillant leurs virées du samedi d'un lot d'expressions idiomatiques, quand ils ne les arborent imprimées sur des tee-shirts dont les stocks s'écoulent en période de fêtes. Considéré de l'extérieur, le wallon est en effet « exotique » ; Hergé l'a glissé dans quelques phylactères de ses soldats syldaves et, paraît-il, un réalisateur australien dans la bouche d'extraterrestres, afin de s'assurer que personne, dans les salles obscures d'Océanie, n'identifierait le charabia dont usaient ses créatures aux commandes du vaisseau spatial.

Si elle n'est plus que cela, je peux considérer ma Langue première comme appartenant à la linguistique, au folklore ou à la société du divertissement. Donc comme raide morte.

Je ne la parle plus guère, ma Langue première, qu'avec des fantômes, absents ou présents : ceux du couple d'aïeux qui hantent ma mémoire, m'accompagnent en spectres bienveillants, me flanquent invisiblement le pas de leur démarche chancelante de vieux anges ; celui de la femme qui m'a donné le jour et incarne encore, fragile et indestructible à la fois, mon passé ; et celui de cet enfant enfoui en moi, dessiné à mes propres traits, que je tutoie en attendant qu'il devienne, peut-être, le fantôme de quelqu'un d'autre.

*
* *

Le microcosme. Les yeux de Grand-Popa roulent dans leurs orbites, le rouge gagne le front, les commissures de son masque à la peau grenelée et luisante s'étirent un peu, sa main balaie l'air, une flamme lèche ses poumons, ses bronches, son palais, l'anathème fuse dans l'espace : « *Fåt-i nin assoti ! Fåt todi arawer ! Cin miyard di crèvé nom di Diu ! Va s'on pô vôrmint couranana avou totes tes bièstrèyes !** » Puis l'apothéose, l'éventration des cieux, des mers et des merveilles : « *Ki n'prinsse li cint mèye houlé dî bleû må d'arèdje !** » Emballé, le charroi syllabique détruit tout sur son chemin, soc absolu de grossièreté pourtant enchâssé sur le hérissement des archaïsmes et la préciosité de sublimes subjonctifs imparfaits. Car ma Langue première est à la fois celle du remous chtonien, du courroux majuscule éructant du fond des âges, et du raffinement primal. Vecteur d'une ire irréductible au banal exercice de la « violence » ou du « pouvoir », ma Langue première ne sera jamais moderne, mais savamment barbare, salutairement rétrograde. Et libre.

*
* *

Langue première, je ne vais pas t'exhumer au théâtre de marionnettes ni dans quelque médiathèque, encore moins dans la sphère du virtuel. Je te porte en moi, comme ce réflexe animal qui fait que les battements cardiaques d'un mammifère ralentissent, ralentissent mais se maintiennent en veille, si son corps vient soudain à être immergé dans une eau glaciale. Tu contribues à ma survie mentale dans une sphère où le langage est raboté, roboté, rebattu, rebooté. Grâce à toi, Langue première, je conserve le sens des rugosités dans ce traquenard, superficiel et complexe à la fois, qu'est le monde.

Que faire de toi, Langue première, vibration tripière, langue des évidences crues et drues, dans une société de la transparence, de la monstration, de l'exhibition, du panoptisme ? Reconnaissons que tu ne me sers pas à grand-chose quand je dois désigner une photocopieuse, un logiciel, un SMS. Si tu m'es indispensable, c'est pour beaucoup mieux : mettre à nu les roitelets qui foisonnent ici-bas, et que je croise quotidiennement juchés sur les échasses de leurs prétentions à être et, plus encore, à apparaître. En fait, je ne recours plus à toi pour dire, mais pour *reprendre contact avec*, le réel.

Langue première, tu es un brin cruelle, et tu ignores toute concession, tout polissage. En état permanent d'impertinence, tu happes à leur passage les physiques, les visages, les chairs, pour en un éclair les ramasser, d'un mot, au centre de leur vérité nue. Un être – généralement féminin – d'un certain poids se déplace avec lenteur devant toi, et tu lui appliques cette phrase : « *Vochal mi tièsse, mi cou vinrè tot-rade* », « Voici ma tête, mon cul viendra après ». Tu transformes la femme acariâtre en « *vèye tricwèce* », « vieille tenaille ». Les faibles d'esprit sont des *d'mèy cougnî*, des « demi-baisés », et ne sont certainement pourvus que d'*on cèrvê a deûs djènnes*, « un cerveau à deux jaunes ». Un type qui n'avance pas devant toi ou dans une file se métamorphose en *loûrd vê,* « lourd veau ». Un couple qui vit au-dessus de ses moyens et trahit ses origines modestes en affichant des manières bourgeoises, tu le résumes à un assemblage de *grans ventrins sins cawètes,* « grands tabliers sans cordons ». Puis tu déplaces les membres des corps et les réemboîtes à l'envi. Un individu peut ainsi « avoir les deux jambes à la même fesse » quand il déambule d'un pas serré, ou « faire une figure comme un poing » quand il est de mauvaise humeur.

Grâce à toi, Langue première, je classifie la faune humaine, la multiplicité des caractères, des attitudes, des postures et des gestes. Oh, certes, je ne m'encombre pas de taxonomies très élaborées ou de critères de classement fort objectifs, non : que du spontané, de l'empirique, du brut de décoffrage. Peu importe si cela participe d'une erreur d'appréciation, est-ce grave ? Cela fait tellement de bien, en dedans, le préjugé – cette conception précuite façon poire percée avec, en son cratère, *li bon boûre èt l'souke** de l'idée arrêtée qui en fait toute la saveur et la richesse.

De même, je ne me contente pas de soupirer, j'assortis mon exhalaison d'un *Hî hay*… ou *Pûûûtoutoute valèt**… J'encourage d'un *Alè Djo !* ou d'un *Abèye, abèye* ainsi !* quand il s'agit de se presser. Mes prières se bornent à l'émission calibrée d'un *Binamé Bon Dju*!* Aux questions que l'on me pose, je réponds parfois spontanément *awè*, *siya* ou *nèni**. Aujourd'hui, je n'ai plus envie de répondre, platement, presque béatement, que *nèni*.

*
* *

Le microcosme, enfin. Le pigeon est tombé. Grand-Popa ne siffle plus. Il se précipite vers sa *colèbîre*, met le pied sur la première marche de l'escalier de bois, lève le poids suspendu à une corde qui, par un subtil et impénétrable système de balancier, libère le *tape-cou**. Il s'engouffre là-haut tandis que je reste au pied du mystère béant, guettant le pas de l'aîné qui traîne sur le vinyle souillé d'une couche d'excréments fossiles. Le plancher de toute la structure craque, épave immobile et précaire, échouée à la pointe du temps. Que ne donnerais-je, bon sang, que ne donnerais-je pour l'y rejoindre à nouveau, dans ces pièces saturées des effluves écœurants de fiente et de toile goudronnée, et pour tenir au creux de ma main – ses pattes griffues et rouges dépassant d'entre mon majeur et mon annulaire, son cœur pulsant à une vitesse si effrénée que l'on n'en distingue plus les à-coups mais un vibrato continu – le *bleû may'té** qui vient encore de « faire premier » !

## Primoglossies

Petit d'On adorait empoigner le ***fi d'ărca*** («fil de fer») de la clôture au tracé légèrement ondoyant, pour éprouver le froid du métal. Cela aurait pu lui jouer de vilains tours lorsqu'à la campagne, les fils étaient électrifiés. Il a d'ailleurs ressenti une fois l'ankylose du courant qui, même à faible intensité, a transi de pulsions régulières et de frissons son bras droit toute une après-midi durant.

La ***colèbîre*** marque sa parenté phonétique avec le colombier, même si en Wallonie, on préfère l'appellation «pigeonnier». On y accueille en toute logique des *colons*.

***Viné*** est l'impératif du verbe «venir» à la forme polie, parce que l'on s'adresse avec déférence à ses champions.

Le ***Flamint*** («Flamand») est toujours flanqué d'une ***gate*** («chèvre») et, sur le plan physiognomonique, il présente, sans exception, une ***cwarèie tièsse*** («tête carrée»).

La dispute ne peut être marquée que par une terminaison péjorative et douloureuse: c'est la ***margaye***.

Le ***casêre*** («coron») commence par l'écho aux casemates qui le composent et s'achève sur une vague perspective de désertification périurbaine.

Le ***citroné***, limonade qui picote les arrière-cloisons nasales, accompagne à merveille l'ingestion de ***gougouilles***, sucreries que Petit d'On s'empressait d'engloutir, d'ingurgiter, de gober, et qui font gargouiller l'estomac si l'on en consomme à l'excès.

On salue familièrement d'un ***bodjou***, c'est autrement plus rondouillard et dynamique que « bonjour » même si c'en est l'exacte traduction. On demande ***qué novèlle ?***, s'il y a jamais des nouvelles, denrées rarissimes dans un univers évoluant selon une temporalité tectonique. Puis, élégamment, on peut conclure en s'enquérant d'un ***ça va-t-i ?***, « cela va-t-il ? », plutôt que d'un banal « ça va ? ».

Les ***djalos'rèyes*** (« jalousies ») participent quasiment de la diablerie en wallon (où le diable est le *diâle,* prononcé *djâle* dans la région liégeoise), elles dessinent un sourire de mauvais ange sur la bouche de qui les éprouve. La ***brogne*** est une dispute, une rancune, qui peut persister jusqu'à l'extinction des âges entre les deux parties impliquées, même si, ou plutôt *surtout si* le motif en est une broutille.

***Faire aller sa tarame***, c'est parler à tambour battant ; la langue bat la chamade, au rythme des ragots, des sous-entendus, qu'elle colporte par salves. La ***badjawe*** est plutôt une aptitude au bavardage, tout aussi irrépressible que la *tarame*, et de surcroît intarissable.

***Èfant***, sous ses airs de participe présent, c'est l'état d'avant et qui se prolonge. On naît *èfant* – et, en général, on le reste jusqu'à la fin aux yeux des parents. Le vocatif *m'èfant* (« mon enfant ») confère au terme une allure plaintive, un lamento qui peut aller jusqu'au déchirement.

Dans la Langue première, lorsque la colère éclate, on recourt à l'interrogation et à l'impératif. On se demande ainsi, sur le mode exclamatif, s'il ne faut pas devenir sot (***Fåt-i nin assoti!***), s'il ne faut pas toujours enrager (***Fåt todi arawer!***) ; on multiplie par cent milliards le crevé nom de Dieu (***Cin miyards di crèvé nom di Diu!***) ; on envoie courir paître vraiment très loin les gens et leurs bêtises (***Va s'on pô vôrmint couranana avou totes tes bièstrèyes!***) ; on souhaite enfin, et par d'intraduisibles détours, et sur quel houleux tangage, cent mille fois la contraction du mal de rage (***Ki n'prinsse li cint mèye houlé dî bleû må d'arèdje!***)

Dégustant une poire cuite, on se pourlèche les babines pour y récupérer, coulant de part et d'autre des commissures, ***li bon boûre*** (le « bon beurre ») mêlé de ***souke*** (« sucre ») fondu, et encore crissant sous la dent.

La Langue première est phatique à l'extrême. Se signaler et signifier n'y font qu'un. Un soupir ne suffit pas à manifester l'agacement, il faut y adjoindre l'émission bien sonore d'un ***Hî hay…*** pour marquer le harassement, ou un ***Pûûûtoutoute valèt…***, qui imprime aux lèvres le gondolement d'une tôle et rappelle la mimique de certains personnages de dessins animés. ***Alè djo!*** ne se prononce qu'avec un froncement de sourcils agacé, il équivaut au « Allez, quoi ! » actuel. ***Abèye, abèye ainsi!*** prétend faire accélérer le mouvement ; quelques battements de mains en potentialisent l'efficacité.

Quand il n'est pas malmené dans les insultes, le bon Dieu redevient un bien-aimé (***Binamé***).

***Awè, siya*** et ***nèni*** sont respectivement « oui », « si » et « non ».

Pour accéder à une pièce de faîte (grenier, pigeonnier) à laquelle mène en général un escalier rudimentaire, il s'agit de soulever cette lourde trappe qu'est le ***tape-cou*** (littéralement « tape-cul »).

On désigne par l'expression ***bleû may'té*** un pigeon à la robe tiquetée.

# III

## 8, pair et manque

L'autre de « je » me peine.
Jeune âme de reptile,
Pelure de main jetée,
Lapidée, je m'éternue.
Être de peu, je lamine.
Enté, parié, je m'élude.
Entre, j'ai peu démêlé.
« J'aime en duel » : répète !
Demain JE tue le père.

Trente-cinq ans en 2008.

Vers le cocon. Vers l'odeur froide et fade de la renaissance, du renouveau bref, de la mue aléatoire, tu gravis les marches constellées de lumières et couvertes de cette moquette épaisse qui étouffe chacun de tes pas et les confond avec les milliers de pas qui t'ont précédé, jusqu'à atteindre la double porte vitrée. Ton pouce devine déjà le contact granuleux du bouton de la sonnette. Une brève pression sur le rectangle noir qui s'enfonce systématiquement de biais, une attente de quelques secondes, un mouvement que tu distingues au-delà de ton propre reflet renvoyé par l'épais vitrage blindé. Le préposé au comptoir de contrôle était sans doute encore en train de faire du gringue à la guichetière, le voici qui accourt, il t'a déjà reconnu, t'adresse de loin un signe de la tête, un clin d'œil, un plissement de lèvres qui se veut un sourire de franche bienvenue.

Tes yeux rencontrent, affiché à ta droite, l'avertissement dénué de toute ponctuation: «La direction se réserve le droit d'entrée tenue correcte exigée.» Tu entreras pourtant, même si tu ne ressembles à rien dans cette veste noire soi-disant imperméable et qui prend l'eau plus qu'elle ne t'en protège. Et ces chaussures, n'en parlons pas («en faux skaï» comme on disait à l'école secondaire pour se moquer des pompes à bon marché), et ce tee-shirt ayant subi combien de lavages, de repassages, de pliages. Ton Saint-Suaire de Tu-rien. Mais enfin, tu entreras, tu n'es pas dans un vrai casino ici, tu es dans «une salle de jeu», et tu – *oui c'est toi, cette insignifiance* – y seras admis malgré ta négligence vestimentaire, ton laisser-aller capillaire et pileux, ta dégaine de rengainé, l'affichette n'étant là que pour le principe, sinon sur quelle clientèle compter? Quand tu vois ce qu'on admet ici, de toute manière...

Le jeune homme est campé, bien raide, à son poste. D'une pression qu'il exerce par dessous le comptoir, l'accès se libère dans un *biiiiiiiiip* strident et prolongé, et tu tires à toi d'un coup de poignet conquérant le lourd battant. La première porte doit se rabattre, condition *sine qua non* au déverrouillage de la seconde. Tu es dans un sas. Sécurité maximale. Optimale. C'est un moment angoissant que ce suspens de quelques secondes verticales entre deux parois hermétiquement closes, et ton cœur fait un petit bond au souvenir du jour où tu étais resté ainsi, coincé une minute ou deux dans la zone vitrée, et tu ne pouvais faire ni marche arrière ni marche avant, et tu savais que crier ou taper au carreau était inutile car ce genre de paroi est hermétique, insonorisée, un caisson, et tu n'es pas Houdini, et tu t'étais dit que tu pourrais terminer ainsi, que certaines gens crèvent dans un ascenseur, de déshydratation, dans ton cas fulgurante, accélérée par l'anxiété fondant en à-pic, tu sentais déjà ta bouche s'assécher, et ta poitrine cogner, et la panique galoper, et puis le gros Black qui normalement devait être de faction ce jour-là à l'entrée est apparu, il t'a présenté ses excuses, il était aux toilettes, il n'avait pu ouvrir que la première porte avec la télécommande à longue portée, pas la deuxième, mais non, il ne t'avait pas oublié, tu t'en doutais bien, hein, Fred, allez quoi, lui, ton ami, et tu n'avais laissé apparaître aucun des sentiments qui t'assaillaient, tu avais laissé fuser un grand rire en lui disant : « Mais qui pourrait bien m'oublier ? » et mentalement tu t'étais répondu : « Eh bien, un mec plus occupé à déféquer qu'à se soucier de ton existence. »

Aujourd'hui, rien de tout cela. La première porte se referme à peine derrière toi que la seconde émet son habituel *biiiiiiiiip* libératoire.

Et tu pénètres dans la sphère imperméable aux heures, aux pensées, aux affects et aux mots. À ce non-monde qui fait partie de tous les non-mondes qui exciteront jusqu'au bout ta fascination et ton appétit. Ces lieux de mise à l'écart marginaux, quoique hypercontrôlés, de dénudement de soi dérobé aux regards. Ces abysses de surface. Ces matrices de méditation forclose. En voici un qui a longtemps manqué à l'épanouissement de ta compulsion, tu étais donc voué à t'y engouffrer, à t'y coffrer, à t'y dissoudre.

– Ça va, m'sieur ?

– Oh oui, merci, et vous ? (*ceci prononcé d'un ton débonnaire et avec la parfaite conscience que tu n'obtiendras d'autre réponse qu'un hochement de tête mécanique, le regard du préposé s'étant déjà détourné du tien pour s'absorber dans la contemplation du registre affiché à l'écran de l'ordinateur, pendant que toi, tu portes la main à ta poche fessière droite et que tu en extirpes ton portefeuille, dans l'intention de présenter ta carte d'identité*)

– Votre nom, s'il vous plaît ?

– Saenen. (*merde, c'est le jeunot qui n'a jamais intégré l'orthographe de ton nom, alors il va falloir épeler pour la énième fois, ce que tu exécutes sans attendre son plissement de sourcils dubitatif ni sa requête de répétition*) S – A – E – N – E – N.

– S – E – N – E… Senean ?

– Non, S – A – E – N deux fois.

– Deux N ?

– Non, (*zen, Saenen, zen*) E – N – E – N.

« Eux haine. » « Eux haine. »

– Ah… Oui, je me trompe à chaque fois, un jour, je le saurai pourtant…

– Oui, c'est ça… (*ceci dit avec ton plus beau sourire d'emprunt. Oui, c'est ça, un jour, il le saura, le jour où toi-même, tu consentiras à sacrifier ne fût-ce qu'une synapse au souvenir de son prénom à lui, soit jamais*)

– Frédéric ?

– Oui, c'est ça, Frédéric. (*il y a donc plusieurs Saenen enregistrés ici ?*) Avec C à la fin, pas Q-U-E, ni K. (*faut-il le préciser ? Oui, c'est préférable.*) Ni CK. Juste C. (*et ne parlons pas des accents aigus, tu y passerais ta soirée, et le temps ici t'est compté, autant que tout le reste*)

Et, au terme de quelques passes digitales avec la souris, ton faciès apparaît sur l'écran, figé dans son hilarité factice et sa pâleur la moins éloquente, enregistré lors de son précédent passage, la veille en fait, au moment où il s'agissait d'à nouveau te cataloguer d'un clic, du bout de la webcam, sans pose, rien, « voilààààà Monsieur Saenen » (*tu sais, tu sens, qu'en le prononçant, il visualise SANEN*). Saisi, traçabilisé, tu vas pouvoir accéder. Les chances qui se trament tintinnabulent en tourbillons de notes programmées, les bruits t'en parviennent déjà, d'au-delà l'orée du lieu.

– Vous avez besoin de voir ma carte d'identité ?

– Non, Monsieur *Sanen*, merci, ça, c'est bon pour les premières fois, ou alors avec les clients un peu… (*là, il esquisse un geste lourd de sous-entendus, balançant, paume vers le bas, un poignet garni d'une gourmette flottante, prétendument virile*), mais vous, on vous connaît (*me connaître ?, que tu crois, ça, crabe*), voilà, c'est en ordre, bonne soirée !

Tu pourrais espérer, comme à chaque fois, que son rôle s'arrête là et que, maintenant, soit il regagne l'arrière du bar, soit il s'acquitte de sa petite ronde d'inspection et jette un œil par-dessus l'épaule d'autres clients rivés aux machines à sous… Mais non, encore un qui, pour ton malheur, apprécie ta tête de bon gros et pour qui tu constitues une énigme : « Qu'est-ce qu'un singe à lunettes qui devrait se contenter de son salaire d'intello diplômé vient se perdre dans ce genre d'endroit ? », telle est la question qui doit travailler cet émacié de la face et de la scolarité, mais qu'il ne formulera jamais, tenu qu'il est sans doute par le polissage déontologique dont on l'a briefé avant de l'embaucher – formation répartie en deux stages de quatre heures, modularisés en « gestion de conflit », « attitude à adopter en cas de comportement problématique », « principes de savoir-vivre et savoir-être », « approches de l'addiction », etc. Dès lors, tu sais qu'il va t'emboîter le pas, parce que cet employé-là, depuis le premier jour, il a repéré en toi la bonne poire auprès de qui s'épancher, détailler par le menu ses quatorze boulots avant celui-ci (dont l'avant dernier est certainement « le meilleur job que j'*aye* jamais eu, ça c'est bien clair »), te redemander ce que toi tu fais dans la vie, et là, il vise dans le mille, car que « fais » « tu » « dans » « ta » « vie » au juste ? Il te suit à deux pas de distance vers la caisse, et si la jeune fille en tailleur et aux formes appétissantes n'était pas si prompte à gagner son guichet, c'est lui qui se chargerait de la manœuvre magique, de la transsubstantiation qui va justifier, pendant une durée indéterminable, peut-être vingt minutes, peut-être sept heures, ta présence dans cette arène aux gladiateurs de marbre.

Elle se poste, comme encagée, derrière une rangée de barreaux eux-mêmes dressés en herse devant une épaisse vitre blindée (tout est blindé ici, sauf les clients). Elle te sourit en face de l'hygiaphone et attend, en interchangeable potiche, ta demande de chargement :

– Je vais prendre 110, Mademoiselle.

– 110 euros, très bien, Monsieur.

Elle fait glisser d'un geste professionnel par l'espace réservé au passage de l'argent les quatre minables billets que tu as préparés et, d'un même mouvement, elle introduit une carte à puce dans l'Appareil grisâtre, pour une alchimie d'un millième de seconde. Et ton bien te revient dans ce bout de plastique sigillé d'un petit rectangle brillant aux coins arrondis et veiné d'un réseau de fils ténus – carte presque identique à la bancaire si ce n'est que celle-ci n'est que momentanément en ta possession et se voit rehaussée d'un clown hilare sur fond rouge vif. Une fantaisie quelque peu cynique qu'aucun organisme financier digne de ce nom n'a jamais osée, et qui toutefois pourrait remporter son petit succès marketing.

– Bonne soirée, Monsieur.

– À vous aussi. (*tu assortis cette formule phatique d'une saccade frontale à l'adresse de cet être presque émouvant de fadeur dont tu percutes, davantage que tu ne le croises, le regard : des cernes autour de ses yeux aux moires vert phosphore reflétant la lumière artificielle dans laquelle baigne l'endroit ; des cheveux méchés blonds sur des repousses noir de jais ; un rose à lèvres pailleté qui se veut légèrement surligné au crayon pour n'aboutir qu'au vulgaire ; un chemisier bouffant blanc immaculé laissant deviner par l'échancrure un soutien-gorge à la dentelle étudiée et dont le port lui est sans doute imposé par son compagnon, manière de burka destinée au sous-prolétariat féminin d'Occident qui ne remplit pas les critères physiques exigés ni n'est doté d'organe vocal assez convaincant pour accéder au mannequinat ou aux concours de chants télévisés ; ongles peints d'un vernis à motif différent pour chaque doigt, dont quelques-uns sont écaillés, trahissant les heures à pianoter de lassitude sur le rebord métallique des divers comptoirs du centre de jeu – celui minéral du guichet, ceux en plastique des machines – avec l'espoir d'accélérer ainsi, de ces spasmes digitaux, le passage des heures dans un endroit voué à la dilatation chronologique ; et du fard aux joues, point outrancier, mais lui aussi en voie de fissuration. Elle doit se prénommer Nathalie, résumé en Natha ou Nath par ses collègues, ou alors, vu son teint uniformément hâlé de Méditerranéenne, Pina. Ou Jessica, abrégé en Jess)*

– J'ai encore oublié votre prénom… (*formulé avec un sourire de galant homme sur le point d'enchaîner avec du Verlaine, « doux et sonore », toute la lyre, puis se ravisant, pressentant le naufrage de la référence livresque, et néanmoins pragmatique au point de ne pas négliger de happer le motif de sa présence à cet endroit, soit la précieuse carte de jeu chargée à 110 euros)*

– Cathy. (*comment un musicologue qualifierait-il la montée harmonique qui accompagne l'émission de ces deux syllabes, tandis que son chef s'incline brusquement vers la gauche, ce que tu n'interprètes pas seulement comme un indice de sympathie hypocrite mais aussi de prise en considération obligatoire de ta demande, comme s'il s'agissait – et cette proxémie millimétrée fait certainement aussi partie de sa formation initiale – d'une marque d'intérêt envers le client, interlocuteur que l'hôtesse se doit de supposer toujours un peu dans la séduction, forcément, puisqu'il se console comme il peut de ses pertes, ou plastronne comme il peut de ses gains, auprès du personnel féminin casté pour remplir un tel office)*

– Eh bien, bonne soirée, Cathy.

Et tu articules cette formule mécanique en sachant que la soirée ne sera pas « bonne », elle sera tout – épuisante, stimulante, brutalement adrénalinée, morne, acharnée, inespérée, accablante, laminante, destructrice, surtout destructrice –, mais elle ne sera certainement pas « bonne », elle veut rire ou quoi, Cathy, Natha, Jess, comment est-ce déjà ? Mais voici que tu saisis l'instrument de ta potentielle toute-puissance et de ton plongeon, et tu marches vers le puits aux virtualités, avisant de loin toujours le même tabouret – en salle de jeu, le rituel naît dès le deuxième passage. Il n'y a personne, parfait. Tu préfères cette roulette. L'autre, sous des dehors semblables à celle-ci, programmée pour être plus rapide dans les délais de tir de bille, te déroute par le rythme effréné qu'elle impose au parieur, tu ne la suis pas, et il s'y trouve toujours quatre ou cinq Perdus que tu n'as guère envie de côtoyer. Celle-ci par contre est moins fréquentée, n'inspire pas confiance aux gros miseurs du fait du temps supplémentaire qu'elle accorde – car les Perdus sont gens pressés, et gens pressés de perdre encore plus que de gagner semble-t-il. Mystère et entrelacs de l'âme qu'on pense si peu à sonder et qui pourtant nous révéleraient tout de nous-mêmes si nous prenions la peine de les observer chez autrui.

Enfin, tu l'atteins, et c'est en fait elle qui te regarde, en polyèdre omniscient, en poulpe figé mais prêt à te ventouser.

Tu tombes la veste et la poses sur le siège voisin de celui que tu te réserves. Ton trône, ce sera ce tabouret bancal, au coussin dont le plastique rouge – vrai skaï là, pas de doute, lissé par le défilé des fessiers de toute la détresse locale, sociale et morale qui t'y a précédé – vaguement craquelé révèle la mousse intérieure, et à l'assise posée sur un axe de métal branlant, lui-même muni d'un pose-pied. Te voilà, de ton plein gré, rivé au mobilier de l'inconfort même, au design de la précarité. Tu introduis le sésame et, d'un contact prolongé sur le voyant vert, tu vides le tout, tu transfères la somme totale, 110, allez, à fond maintenant, vers l'écran des mises. « Clignotante clepsydre, à toi maintenant mon destin prochain, et le poids de mes heures à venir, et l'ouverture ou la fermeture des perspectives, et le lestage du futur ou son brutal soulagement : je t'investis. »

À partir de maintenant, ton œil est de trente-sept possibles. Ton cœur est de trente-sept possibles. Ta main est de trente-sept possibles. Ton souffle est de trente-sept possibles. Tu encages le cosmos dans trente-sept pures portions de chance et de contingence. L'alentour flotte, cotonneux, tandis qu'en dedans tu te plombes.

La machine semble avoir senti ta présence, le seul fait de violer l'un de ses orifices lui a signalé une proie, tu es fait. Et ton réel se fragmente en dix-huit rouges, dix-huit noires, une verte, trois bandes horizontales, douze verticales. Une exponentielle de chevauchées se dessine, *pair impair, manque 1-18, passe 18-36, zéro*, les ordres de grandeur et de probabilités se percutent, le gain est partout et nulle part. Une seule certitude : *tu ne peux pas mourir ici, tu ne peux qu'être et rester et demeurer et t'accrocher tant qu'elle ne donne pas, et même si elle reprend ce qu'elle a parcimonieusement lâché, il va falloir relever le défi* – ou se contenter d'« Observer les phénomènes » comme l'énonce sentencieusement, une fois toutes les x heures, l'habitué de l'autre table, cigarillo agonisant au bec, impénitent buveur à la paille de cacao froid en bouteille, pans de chemise mal rentrés dans le pantalon, une tête à être engagé sans CV ni entretien préalable comme figurant intérimaire au Musée Grévin, et qui selon ses dires, « perd aujourd'hui 4000 mais avait gagné 13000 le jour avant », ou inversement.

Les douze derniers chiffres sortis sont reproduits dans le coin supérieur droit de l'écran. Premier réflexe : décrypter les alternances et les fluctuations récentes, tenter à nouveau de saisir l'insaisissable, de rationaliser l'irrationalisable. Sont mentionnés sept chiffres rouges et cinq noirs, pas une seule fois le zéro, quatre rouges d'affilée puis deux noirs, puis un rouge, puis un noir, puis un rouge, puis deux noirs (deux fois le 17), des chiffres situés pour la plupart sur les deux premières bandes horizontales du tapis.

Le temps file dans le sablier horizontal de l'écran, s'épuise en ligne gangréneuse qui progresse vers sa limite fatale d'amputation. Une première mise ou attendre le coup suivant, histoire de saisir l'ensemble ? Se donner encore du champ ? Oui mais, si *ça* sort, si *ce que tu joues d'habitude* venait à sortir… La ligne verte du *timer* vire au jaune puis à l'orange, arrive au terme, verse dans le rouge vif, la roulette s'ébranle parfaitement huilée et entame son large envoûtement, une voix de synthèse annonce « *no more bets please* » dans un suave anglais d'outre-espace, c'est fait, c'est scellé, tu es pris, tu es soclé, tu es dedans. Sans mise. Que n'as-tu misé, tu vas voir, ça va tomber où d'habitude tu mets, sale con que tu es, tu pars perdant, imbécile. Crevé imbécile que tu es.

Et, depuis les entrailles dissimulées sous le laquage de l'appareil, la soufflerie hyperpuissante crache, propulse, sarbacane la bille, la rondeur qui épouse le cercle, et le cycle est défini, déjà arrêté même encore en sa course, premier deuxième troisième quatrième cinquième tour, le deuxième, vite vite, plus rapide que le premier, moins que le troisième, ou est-ce le contraire ? Ta pupille ne le sait déjà plus, matée dès le premier coup par les effets giratoires inverses de la sphère et du plateau, vrillée d'extase. Et ainsi, combien de rotations pour épuiser la statistique et les probabilités qui fourmillent autour de ce moment unique, alors que toi, tu es posé au bord du tabouret, de ton front, de cet axe, de cette pointe, de ce point du temps que ton être devient ?

Et se déroule ainsi l'attente que l'alenti advienne, que la masse se plie aux lois du frottement, que l'air proclame sa victoire et l'abatte, à l'usure.

Et voici que la décision se profile. La traîne blanche n'est plus qu'un décimètre, moindre queue de comète, plus qu'un point qu'on parvient maintenant à suivre et sur lequel on se croirait même un pouvoir d'influence. Hypnose de la durée, de l'espace confondu, de tout ce qui s'évase à partir d'ici et rejoint par correspondance de très hautes sphères, là macrocosme, toi microcosme, hypnose du choc guetté, tant il semble évident qu'il peut, va, DOIT tomber là où on l'attend. Mais tu n'as rien misé, gros con, parti déjà perdant, inutile de te mettre dans cet état, n'empêche s'il va dans le…, s'il s'encastre, s'emboîte, s'encoche dans le… Que n'as-tu joué !

Et se profile le verdict, l'épuisement se précise et flirte avec des zones, un fil invisible va se rompre qui brusquement infléchira la courbe en sa rentrante tangente.

Frêle frôlement sur l'angle d'un des losanges saillants, sertis à intervalle régulier dans le plateau pour déterminer au dernier moment les catastrophes ou les nirvanas. L'accident, le *clinamen*, la défaillance après laquelle tout s'enchaîne.

Le déport à gauche, le heurt, une fois, deux fois, sautillements, une fois, deux fois, trois fois, le petit saut, le grand sceau, la chute et le clac : 2 noir, *two black*.

La bande du milieu. Encore la bande du milieu après le 17 (tombé deux fois d'affilée le 17, souviens-toi). Plus possible que sorte une troisième fois la bande du milieu. Pas concevable. Allez, tu mises maintenant, tu commences petit, un euro, non 1,50. Sur la première bande. La même chose sur la troisième. Plus possible que la deuxième sorte encore, non, plus possible. Ah, ne jamais oublier le zéro, cinquante centimes sur le zéro. Et cinquante centimes sur le 8 bien sûr. Ton 8. Toi né le 8 du 8, alors que s'annonce prochainement au calendrier la sidérante conjonction numérique du 8 du 8 2008, il irait bien mal qu'il ne tombe pas, que rien ne le convoque ni ne le tire du néant. « *Next game in a few moment.* » Ça fait que, si ça tombe, tu gagnes… Non, ça fait trop peu. Quatre euros de mise totale pour en gagner 4,50 si ça sort sur les bandes, non, décidément non. Tu remets déjà à cheval sur les bandes, te garantissant de la sorte un gain de deux euros si ça sort sur une bande.

Et de dix-huit euros « en plein » avec le zéro ou avec le 8. Donc si tu perds, tu as encore cent cinq, et si tu gagnes, cent onze (avec une bande), cent vingt-trois (avec le 8 ou le zéro). Sur trente-sept chances, tu as en l'état douze chances plus deux. Allez, tu commences petit. « *No more bets please.* » Allez, le 8, le 8. Pair et manque. Manque et pair. Commencer petit. On doit toujours commencer petit.

# IV

## Petit d'On

Grâce-Hollogne. 1973. Petit d'On commence son enfance unique au numéro 203 de la rue de Ruy. Un jour et pour toujours, le bébé se laisse décalotter dans l'eau du bain « pour que la petite peau ne se referme pas », ne cicatrise jamais, comme l'explique Maman en effectuant la manipulation justifiée. Petit d'On prête donc de bonne volonté sa membrane à la main qui le purifie, puis plus tard à la sienne, ayant acquis, trop bien même, le geste salvateur, la saine habitude.

Dehors, les pies se posent lourdement dans les bouleaux, en font ployer les branches et craquettent, en contrepoint à la luzerne taiseuse du vague terrain d'en face. Paysage d'ancien crassier du charbonnage La Vieille Montagne, où la verdure a depuis longtemps repris ses droits. Il traîne dans l'atmosphère une odeur de mâchefer mêlée de sexe, lourde, métallique. Univers laiteux que l'on ne peut récupérer, l'enfance, alors que l'on est à peine fétu dans la brume, point dans le blanc d'une mémoire collective comme singulière, encore vierge.

Sur la première photo d'avant les polaroïds aux couleurs fantomales, Petit d'On repose, masse fragile, dans les bras de Grand-Popa qui sourit sur le seuil, portant fièrement le Fifi qu'il revient d'être allé déclarer à la commune et qui s'appelle exactement comme lui, Frédéric Saenen. La vie en tons pastel, la vie comme déjà fanée. La couleur de cette année-là, 1973. Le présent où l'on naît – mais y est-on vraiment ?

Le nom s'est cherché, s'est frayé vers Petit d'On, il a longtemps giré loin au-dessus de son identité avant de l'élire et de ne plus faire qu'un avec son être, mais maintenant c'est clair : fils de fille-mère, il est sarclé, cerclé, nommé, et ça sonne flamand, bien que né « de père inconnu », *Lui* Italien des Abruzzes. Donc Petit d'On est en partie macaroni – surtout honni. Il le taira. Enterrement de la vie de génome. Saenen, c'est le même nom que Maman, comme en flamand. Bien plus fier de cela, Petit d'On, qui se saura secrètement immi*mal*gré, méditerra*néant*.

Prénommé et nommé comme Grand-Popa, Petit d'On porte donc l'identité du père de transfert, du solide, du pilier, du mât. Le voici calque patronymique de l'homme descendu du Limbourg dans les années 1920, surgeon d'une famille de douze enfants, migrant de l'intérieur des frontières invisibles qui divisent ce pays, exilé qui n'avait certes pas l'enviable plus-value de provenir d'une Botte à mandoline et à *pomodori*, juste issu de la contrée d'à côté, du morne vivier à main-d'œuvre qui jouxtait la frontière linguistique, de cette glèbe anti-exotique au possible, juste féconde en patates terreuses.

La modulation du flamand sortant de la gorge de Grand-Popa, non, de plus bas, de son ventre, non, de plus bas, de ses tripes, non, de plus bas, *du Bas*, Petit d'On ne l'entendra plus nulle part ailleurs qu'en lui-même. Petit d'On n'entendra plus les syllabes passées à la meule de son palais, sa parlure majestueuse qui restera à dimension légendaire lorsqu'il lui venait de s'exprimer, à quelques moments privilégiés, dans cet idiome raboteux que Petit d'On n'apprendra jamais ou très mal – de toute façon qu'aurait bien à voir le néerlandais de méthode scolaire avec ce trésor de phonèmes pâteux et âpres à la fois, d'inflexions lentes et ténébreuses, le *Vlaamsch*, dialecte étranger au caricatural aboiement dont les francophones bornés l'affublent en guise de cousin germain ?

C'est la langue de Grand-Popa, ce verbe limoneux, cette noblesse verbale de l'homme aux grosses mains qui savent poigner, gratter, serrer à briser le monde, mains énormes mais délicates quand elles font *catchon**, mains de qui demande en raillant « Qui est-ce qui est maître maintenant ? » quand elles font se tordre de rire Petit d'On dans le divan à force de triturer les côtes, et on veut que cela s'arrête mais en même temps que cela continue, pour toujours. Des mains de transporteur, de portefaix, de factotum, de livreur de sacs de charbon dans toutes les rues de la région, qu'il connaît comme sa poche à force de les avoir parcourues dans son camion à benne avec son coéquipier le jeune Amos (individu d'une gentillesse incomparable, au teint olivâtre, et à propos de qui Petit d'On s'interrogera toujours : qu'y a-t-il de commun entre ce nom et celui des « moules » en wallon ?). Des mains de Saenen profondément sillonnées, des paluches tendres et puissantes de Grand-Popa, *des pognes* di Flamint*, pas de père – *Lui* l'absent, *Lui* l'acéphale, l'amane, l'adycte, l'agambe, l'apède, l'apecte, l'anocle, l'anase, l'anacouste, l'aglotte, l'anaère, l'alingue, *Lui* le géniteur minusculé, en regard de Grand-Popa, appert juste sexé, sans plus, pour t'avoir mis là, aléa jecté dans le grand débarras de cette vie, Petit d'On qui n'est même pas don de sa part mais abandon, issu d'un froncement, d'un frisson, d'un mystère qui restera mystère. Saenen né de ce néant.

À Ruy, au 203, Petit d'On verra pendant vingt ans passer le monde et la vie dévaler *rûtabal**, à la vitesse de l'eau qui suit la déclivité du trottoir, quand les femmes ont fini de faire leur seuil et flanquent d'un geste ample, presque violent, la savonnée noirâtre hors de leur seau.

À Ruy, au 203, Mamy se livre à son loisir favori, regarder dehors, ce qui consiste à se croiser les bras et à scruter de derrière sa fenêtre, puis, quand l'événement attendu ne sera ni advenu ni à venir, elle baissera les volets en affirmant, dans un marmonnement ponctué de soupirs, « On est bien mieux tranquilles ainsi », et ses curiosités s'hermétiseront, la maison se clora sur elle-même, matrice à Petit d'On, cocon.

À Ruy, le voisinage se salue du numéro 171 au numéro 215, au-delà et en deçà, ce sera l'inconnu de l'on-dit. Seul Grand-Popa s'aventurera « un peu plus haut » quand il s'agira de lâcher le caniche Boy et d'aller voir l'état d'avancement des travaux de la maison que fait bâtir le couple d'Italiens mariés depuis dix ans, elle à seize ans et lui à dix-sept, « qu'il leur aura même fallu une autorisation du roi Baudouin, comme ils étaient trop jeunes ».

À Ruy, un beau jour, la commune fera installer un banc juste en face du 203, où se postera Grand-Popa dès que le temps se mettra au beau fixe et où viendra souvent le rejoindre Jan, l'autre vieux Flamand de la rue, qui s'exprime dans un patois limbourgeois auquel Grand-Popa n'entend goutte, parce que « c'est celui de Diest, pas de Tessenderlo », et Jan – qui est plus rougeaud que Grand-Popa « et tombera là un jour d'un coup de sang, lui », prophétise Mamy – persévérera à lui adresser ses monologues, sa tête comme une tomate prête à péter sous sa casquette à carreaux, et Grand-Popa acquiescera patiemment des *awès* et des *siya* dans le vide aux énoncés qui ne sont même pas des questions, pour ne pas vexer son camarade, et Jan laissera aller, comprenant que Grand-Popa ne comprend pas, mais bien trop heureux de pouvoir poursuivre ce conciliabule sans rebond avec son unique congénère.

À Ruy, la vieille sciante Louise, toujours son nez dehors vêtue du même cache-poussière, crie « Wouuuhou ! » en agitant la main d'un air égaré, un sourire mouillé aux lèvres, pour dire bonjour à *tout qui* passe, et elle accourt près de Grand-Popa « à tout coup bon qu'il est sur le banc », déclenchant la jalousie de Mamy qui observe leur manège innocent par la fenêtre. « Vois-tu, Ginette, qu'il est encore avec elle sur le banc ! » s'inquiétera-t-elle en répétant qu'elle, elle ne met « toujours jamais » le nez dehors ainsi, Mamy se targue de « ne frayer avec personne », mais ne perd pas pour autant une miette des moindres allées et venues de derrière son rideau, sans se douter qu'à l'étage tu fais pareil, mais en sélectionnant bien sûr selon d'autres critères libidinaux les objets de ton voyeurisme.

À Ruy, Jan se lèvera du banc, laborieusement – « Lui, il n'aime pas de *blaguer** avec les femmes, comme Fredo avec Louise, ou l'institutrice », rouspétera Mamy depuis son poste de guet – et il ira rejoindre Hanna, la sienne de femme, bien honnête et toujours rieuse, au corps disposé en cercles concentriques adipeux que couronnent son cou et son chignon.

À Ruy passera quotidiennement la camionnette d'où sort à grandes enjambées comiques Henri le boulanger, sanglé dans son tablier gris, apportant un gros blanc coupé tous les lundis et jeudis, et Mamy se navrera : « Oh, il manque un petit franc pour faire le compte *juss'*, Henri », et Henri, magnanime, de répondre : « Ce sera pour demain ou *d'*après, hein, Jeanne, ne te tracasse pas. »

À Ruy, territoire des *brognes* immémoriales, un fils pourra être à couteaux tirés avec toute sa famille pour le restant de son existence terrestre, à cause d'une affaire de boîte à outils empruntée, réclamée le jour même par ses parents, donc rapportée et balancée sur le trottoir, « Tiens, les voilà tes outils », et ils n'auront « plus jamais une parole dehors », ni un bonjour, et sa mère donc fondra à vue d'œil, deviendra laide, laide, « Ouf, il faudrait voir comme elle devient laide », Madonne des sept douleurs, « N'a sûr rien de bon tiens, elle, plus de fesses plus de joues, du jour au lendemain, du tout au tout, changée, métamorphosée ». Et le fils ne sera même pas là pour l'enterrement.

À Ruy, on se rendra compte à quel point le voisin polonais de là plus bas était cardiaque le jour où il ne redescendra pas de sa *colèbîre* et qu'on ira le ramasser sur le plancher, « tout gris », une barre l'aura pris à la poitrine et il n'aura sûr pas eu le temps de mettre son cachet en dessous de la langue, et il finira ses dents en or mordant le guano, et Mamy de pronostiquer au sujet de Grand-Popa : « Lui mourra comme ça aussi, tu me le rediras, toujours à forcer dans son jardin, *vîreux** qu'il est. »

À Ruy, certains voisins se mettront le dimanche sur leur trente-et-un pour partir au temple antoiniste ou aller jouer à la *quine**, et ils crieront : « Ça va, Fredo ? » à Grand-Popa qui passe l'essentiel de ses journées dehors, sur son banc. Il n'y en a qu'un qui ne sait pas dire bonjour: « celui de là plus haut », l'instituteur avec sa barbe qui *racrole**, « Quelle humeur celui-là, une sale verte bête, sa femme est déjà un peu plus sympathique, mais ses deux gamins, ils sont "coupés dehors de lui", ils te regardent en pleine figure et pas un mot, rien, *kènnedal** », et Mamy fait claquer l'ongle de son pouce contre celui de son index et ce geste abolit toute possibilité de politesse rédemptrice de la part de « celui de là plus haut ».

À Ruy, le mardi à 19 h, ce sera jour de lecture chez les témoins de Jéhovah dans la maison à côté, et tu prendras un malin plaisir à pousser des chansons comme *Love on the beat* à fond dès qu'ils s'extirpent de leurs voitures. « Les voici encore », dira Mamy, « regarde-les un peu, tous habillés comme des milords pour vendre la Bible. Et, *mon Dju*, d'attifer des enfants ainsi, ils ont l'air de sortir de la comtesse de Ségur. Qu'ils ne viennent pas frapper, parce que tu verras un peu ce que je leur dirai… », et on ne voit jamais, puisque les prosélytes sont d'office refoulés par les échos de Serge Gainsbourg qui dégoulinent à grands flots scabreux depuis la fenêtre du dessus.

À Ruy, fief de petits pensionnés, on échangera des « Figure-toi que… » et des « Oh oui, sais-tu ». On sera vingt ans au long « des oiseaux pour le chat », « dans la salle d'attente ». Mais la mort prendra son temps à venir, découragée sans doute d'avoir à gravir cette rue interminable où tout passe, sauf le temps.

Voici Petit d'On couché sur le dos, et souriant, satisfait, son paquet à l'air, sa floche rebiquant avec arrogance. Puis Petit d'On se dresse, se campe sur les genoux de Maria, l'arrière-grand-mère maternelle qui le connaîtra jusqu'à ses dix-sept mois, et il puise à pleines mains dans les billets et les pièces de monnaie que Mamy glisse, depuis sa naissance, dans un cochon rouge en plastique mou, dont la fente dorsale est régulièrement élargie, jusqu'à la déchirure, sous les effets du gavage de l'épargne franc à franc. Puis Petit d'On marche, court, *spite**, danse habillé en cow-boy en tenant sa petite guitare à plat, s'érafle le menton et les coudes à faire le *man'daye**, joue avec le cordon torsadé du téléphone, et un jour, à force de tourner la roulette du lourd appareil à la carcasse noire, compose inconsciemment le 900, numéro des urgences, ce qui aurait pu valoir une amende à Maman si l'ambulance s'était déplacée pour rien.

Petit d'On pédale comme un fameux *diâle* sur son go-kart bleu marine, « Il faudrait le voir, le gamin, on en fera un coureur » selon le vœu récurrent de Grand-Popa. Sous ses roues, les *cakètes** qui parsèment le chemin de servitude menant à l'ancien coron voisin se soulèvent et crissent. Quand Petit d'On s'aventure dans cette zone au nom sombre et profond de *casêre*, il sait qu'il faudra tourner là-bas au bout, qu'il y aura le gros arbre, les garages, les entrées de chaque jardin parallèle, pour la plupart dénués de clôtures et dont la délimitation n'est marquée que par le dénivelé des terrains respectifs.

Dans le *casêre*, tous les visages familiers peuvent surgir d'un coup, ou alors se terrer dans un silence qui n'est pas menace, juste silence. Huguette fait un peu peur, avec ses dents de lapin séparées par un écart qui semble s'accentuer de mois en mois. Wilfried a toujours l'air sévère avec sa calvitie sur laquelle il ramène pour la dissimuler, inopérante coquetterie, quelques longues mèches de cheveux graisseux. Eux et bien d'autres sont gentils, mais Petit d'On sait que, tel ou telle autre, on ne l'approche pas depuis des années, parce que c'est un *vèrt boyê** ou un « laid chien ».

Petit d'On est déjà bien conscient des effets du moindre contact sur la matière qui le constitue. Quand il se cogne la tête contre le rebord de la cheminée en pierre du pays, cela fait un « crin », coup zébré d'éraflures. Une brûlure un tant soit peu sérieuse donne une « cloche ». Et quand il se frotte à feu, à rouge, à chaud, les paumes des mains, de minuscules boudins noirs de gomme faisandée éclosent, et il se demande jusqu'où pourrait aller cet effritement de soi en poursuivant *ad libitum* la friction, et si au final tout le corps n'est pas composé de ce résidu de silex tendre.

Petit d'On découvre aussi que la morve, extirpée des plus lointaines arrière-cloisons, plaque mais ne colle pas, et qu'elle goûte ce demi-sel qu'on sécrète, soi, et qui pourrait faire l'essentiel d'une autophagie éternelle si l'on venait à manquer de nourriture. Les matières parlent et chantent muettement. Les *loups**, les *molards**, les *crapes**, le blanc jaune-vert des boutons pétés, tout se déguste et se savoure, et Petit d'On apprend de ces denrées endogènes l'adhésion, toujours trompeuse mais si tentante, à l'existence.

Et puis surtout il y a les rituels, les ponctuations minuscules mais cruciales des jours, des soirs et des heures, par exemple la prise quotidienne de *Fluocaril*: cinq petites pilules blanches, qui tombent de l'opercule du tube rose à bouchon vissé, à faire fondre entre langue et palais avant d'aller dormir, complément indispensable qu'il s'agit d'ingérer si l'on veut renforcer l'émail des dents selon les conseils du pharmacien Detrooz chez qui Maman ira toujours depuis ce premier jour où elle a dû le déranger, lui de garde, un dimanche, quelque temps après être rentrée de l'hôpital après son accouchement, et il a été si disponible, si patient, si aimable – « Il venait d'ouvrir, il était tout jeune, c'était un bel homme, hein, toi, et sa femme donc… » – que Detrooz devient un invariant familial, « On ira toujours chez Detrooz, ça, il a été bien trop gentil avec nous autres » intègre ces leitmotive qui enclenchent les comportements, fondent les habitudes, établissent cet inamovible cours des choses qu'est la vie.

Petit d'On frôle. Petit d'On palpe. Entre 1973 et le milieu des années 80, il y a les tapis plains à fleurs orange, blanc et marron, les improbables assemblages d'un mobilier qui porte en germe l'avenir kitch auquel il est voué. Petit d'On évolue dans ce décor délavé d'office, déjà flétri. Il forcit dans un passé qui installe son droit de taille et le pétrit. Le réel est à portée, la vie n'est qu'immédiate, tout présent. Il y a les portes aux montants de bois rose, aux plaques de plastique translucides et ondulées, les verrous coulissants, le vinyle, le velours, le skaï, le papier peint, toutes ces matières souveraines qui déterminent l'idée de confort, de « chez soi », dans une maison de petits ouvriers. Ce cocon est réservé à Petit d'On, que Mamy surnomme « Coco ».

« Pour qui est-ce les bons cocos ? » s'enquiert-elle en transvasant un à un les œufs fumants au creux d'une cuiller à soupe, avec un équilibre aussi relatif que miraculeux, à bout de main, depuis le poêlon où l'eau frémit puis se met à danser à gros bouillons et à *spiter* « sur le gaz », jusqu'au coquetier orange, « Clop là, il est dedans, as-tu vu ? ». Il est dedans, en effet, le bon coco que Petit d'On dévore par deux puis par trois, pour finir par quatre, gourmand qu'il est de suivre l'encouragement au gavage, envisagé par Mamy comme un fait de résistance, un pur geste d'affirmation de soi, car selon elle la dynamique du monde obéit à cette logique circulaire autant que hasardeuse : « Mange, gamin, tu ne sais pas qui te mangera. »

La relance des fascinations est permanente pour Petit d'On, fort de cette conscience du darwinisme ambiant. Petit d'On peut ainsi contempler, une heure ou deux au long, le travail méticuleux de l'épeire diadème qui tisse sa toile selon le plan préétabli par l'Origine, puis, quand elle est enfin trônante, vibrante, au centre de son piège, il – les bras tendus de loin pour être sûr de n'être pas atteint par l'éclaboussure de la viscosité – la coince lâchement entre deux têtes de marteaux, la *spate** au métal lourd parce qu'il est bien trop *sognâ** pour utiliser ses doigts. Et il regarde, ébahi, pendre l'insoupçonnable goutte de viscères jaunes et gris que contenait la petite boule tendue puis crevée que fut naguère cette forme de vie répugnante, et se laisse gagner par le dégoût du nombre aberrant des pattes, ces huit membres pointus, velus, organisés autour d'une sphère qui semble un œil, barrée en son milieu d'un symbole inquiétant, manière de croix formée de bulbes, de boucles, d'impossibles involutions. Au vu de la rapidité de l'araignée, de sa hâte à *fricter** sous un meuble et à s'y tapir, mate étincelle de menace, un frisson cingle tout le corps de Petit d'On, du scrotum à la nuque, et le dégoût lui trace sur l'échine la caresse semi-délicieuse de l'abjection.

Petit d'On voit des yeux partout, et de possibles bonds dans chaque nœud du bois. Il recompte des milliers de fois, jusqu'à en être tout *dârnis**, les pétales des fleurs du papier peint rose à côté du WC tandis qu'il *tchoûke**, et que son fondement, soumis à la pression, expulse ce qui fait masse entre reins et pubis, parce qu'il a mangé beaucoup de viande, et que le *stron** – cette expression de l'excrément étranglée par la poigne de la Langue première – ne lui sort qu'à boulettes, à pénibles *pètchales** qui font « ploc-ploc-ploc-ploc » en rafale, risible rosaire dépourvu de fil conducteur, dans l'eau stagnante du pot sur les parois duquel larmoie le bleu d'un liquide désinfectant. Ou alors Petit d'On tente de *ristoper** le flux anal, parce qu'il sait la pénible impression que laisse la *hite** quand elle *gigle** et exprime sa brûlante crampe brun jaune, *flairante**, assortie au front et aux tempes d'une sueur d'empiffré, tout ça parce qu'il a encore trop *hèré ès' fôr**, hein, « gourmand qu'il est », dit Mamy, « et qui finira sûr comme Fatty, et il va le payer, ça oui, il va le payer ». Pour s'encourager, Petit d'On balance d'avant en arrière, façon autiste de cinéma, et psalmodie, la mâchoire serrée, la chanson que module parfois Mamy : « Ah, que c'est bon de chier dans l'eau/On voit sa merde qui naaage/Si j'avais su que c'était si beau/J'aurais chié davantaaaageuh. »

Se demander si on y sera toujours dans dix ans, dans mille, demain, toujours dans l'ici-là de cet espace, dans l'interstice chronologique du balancier gras, du complexe d'adipeux que l'on fomente pour l'avenir, roitelet dérisoire devant les peignoirs pelucheux et rancis qui pendent au mur. Installé dans la permanence des cintres, des crochets, des pitons, des esses, de tous les éléments saillants qui garnissent les parois. Se demander si on y sera toujours dans dix ans, dans mille, demain, soi-même élément de l'épopée des tentures, des archelles, des objets déplacés jamais remplacés, du passé retapé avec les moyens du bord. Se demander si on y sera toujours dans dix ans, dans mille, demain, menacé par le péril latent des gros pieds arrondis du divan, « ces sales gros pieds fromages là, paraît », dit Mamy dans une grimace de douleur après s'y être pour la énième fois cogné le petit orteil. Se demander si on y sera toujours dans dix ans, dans mille, demain, coincé dans le cycle catastrophique des problèmes de chasse d'eau, des écoulements inexplicables qui reviennent selon un périodique ensorcellement chaque dimanche, et contraignent Maman à se *clintchî** sous la plomberie vétuste, à se *kitwerchî** dans des positions improbables sous la cuvette, à se contorsionner et à *djîstrer**, sous les injonctions autoritaires de Grand-Popa qui lui tend telle pince biscornue ou telle clé à mollette, « *Saye on pô avou ciss'chal, Ginette* », et ponctue ses jurons d'ordres et de conseils forcément inopérants, « Tourne un peu dans l'autre sens de l'autre côté », « *Fè come çoula, hein, Ginette, nèni, nin ainsi, come çoula*[1] ». Et la vie devient cet éternel retour de *toûrmints** et d'*èmacralèdges** qui engrènent et gangrènent les jours.

La plante des pieds effleure le vinyle gris de ces marches, celle exacte – la quatrième, pas une autre – sur laquelle Grand-Popa trébuche systématiquement, qu'il descende ou qu'il monte, qu'importe le sens, et où, « *Nom di Dju, vormint* », il sacrera à chaque fois, comme un *tchèron** qu'il a été, d'après

1. « Essaye un peu avec celle-là, Ginette », « Fais comme ça, Ginette, non, pas ainsi, comme ça… »

Mamy, toute sa vie au long. Se demander si on y sera toujours, dans dix ans, dans mille, demain, au sommet de l'escalier très raide qui donne accès aux chambres et si longtemps dépourvu de rampe, d'où Petit d'On prend un malin plaisir à lâcher une pantoufle depuis le haut des *grés** pour faire croire à Maman qu'il les dégringole et qu'il se casse la figure. Et ça marche à chaque fois ! Voilà Maman, paniquée qui *avole** en hurlant le prénom de Petit d'On avec cette accentuation unique, portant sur la première syllabe, ouvrant le deuxième *é* jusqu'à le transformer en *è*.

Derrière la démarche cahotante de Mamy ou de Grand-Popa, Petit d'On trépigne de passer outre les aînés, de les traverser, quitte à souquer dans leurs dos voûtés qui n'avancent pas, qui n'avancent plus, et lui inspirent des envies, répressibles encore bien !, de les bousculer, de les dégager. Petit d'On devient un *fougneûs**, un *roufleûs**, il ne s'encombre plus. Place à Petit d'On ! Maintenant installé au salon, il se frotte l'entrejambe sur le cuir des fauteuils, veiné de lignes où peut-être s'entrelacent les trajectoires multiples d'une destinée déjà usée, tandis que dans le poste résonne le générique de l'émission italo-belge de RTL, *Buoooooona Domenica*, où des « Macaronis » à moustaches drues tonitruent leur nostalgie solaire, leur poitrail (que l'on devine touffu) contraint dans des vestons pied-de-poule à moirures crème et les cuisses moulées dans des pantalons pat d'eph', et Petit d'On guette ces mâles bronzés et se demande s'il est possible qu'il soit bel et bien issu de l'un de leurs spécimens, ne se reconnaît pas dans cette faune solaire, bruyante, exubérante, agitée, qui n'a plus de populaire que sa dimension grossière et remuante, tandis que lui se sent davantage barbare froid, viking lyophilisé, tenant d'un Nord forgeur de glaives, réservé en ses émotions et sa parole, comme Grand-Popa.

Petit d'On enregistre avec Maman des chansons qui passent à la télé ou à la radio sur le gros poste noir, qui présente même un mystérieux bouton « spatial » dont on ignorera toujours la vocation. Avant de capter la chanson convoitée, il faut imposer aux alentours le silence d'un « chhhhht ! » sonore en appuyant en même temps (sinon ça bloque) sur le bouton *Rec.* et le bouton *Play*, et on fait « aux cassettes », par dizaines, à glisser dans des boîtiers transparents d'un plastique qui, s'il vient à se briser, se hérisse de pointes acérées. On les écoutera dans l'auto, après les avoir engouffrées bruyamment dans l'appareil qui émet de drôles de *ouin-ouin-ouin* distordus dès qu'on passe sur une route cabossée ou pavée. Enregistrer donc, en captant involontairement les bruits de fond de la maison. Mémoriser à quel moment de la bande le son se dégradera jusqu'à devenir inaudible, à quel moment quelqu'un aura murmuré, toussé, comme par un fait exprès au plus beau moment de la chanson, ou quand le chien Boy se sera mis à gémir sans autre motif que sa propre stupidité, inhérente sans doute à sa nature de caniche noir. Et ces parasites périphériques, accidentels, se mêleront à la chanson au point de faire partie intégrante de la mélodie que l'on retiendra telle qu'elle, samplée avec la rumeur ambiante du foyer, intégrée à la musique des jours.

L'enfance, ce bruit de fond de toute une vie… C'est un athanor, le passé, où, circulant, tous les fluides reconstituent l'irrigation des heures, du temps qui s'écoule autour de soi, en soi, passe, ponce, sans cesse, cela vient de là, remonte à cette époque où tu t'interrogeais sans fin sur la fixité des choses, où le décor était planté pour le *seculae seculorum*, *ad vitam aeternam*, ton « moi éternel » dans le plan quadrangulaire de ce quatuor familial, et tu adorais cette position en t'en écartant, tu y adhérais en la rejetant, voulant la fuir et y retournant d'office, inexplicable mouvement de vouloir en être, puis non, puis encore quand même, dedans dehors, la naissance puis le développement, les kilos de chair qui s'amoncellent l'air de rien, l'air de toi, les vêtements qui se mettent à serrer. Tu prends de la place, de plus en plus, c'est incontrôlable. Poids vif, tu t'enracines, t'empotes.

Arrêté par quelle Providence au numéro 203 (le fils de fille-mère sait que le vrai proverbe, en matière de famille, est « Toujours deux sans trois ») de la rue de Ruy, tu tiens le premier et seul rôle, fils unique. Là tu es le démultiplié de l'adoration, le « cent mille », le trésor. Tu te tiens maintenant près de la cuisinière à gaz où Mamy fait mijoter la sauce pour ses rouges macaronis, servis un jour tellement poivrés qu'après plusieurs heures d'agonie intestinale, ils te font vomir brusquement un jet acide à plusieurs mètres de distance dont il faut espérer que l'âcreté de la mort – qui viendra, oui, viendra, une fois hors l'enfance, c'est certain, « on est dans la salle d'attente, des oiseaux pour le chat » – ne lui ressemblera pas. Mamy fait en général la cuisine à contrecœur et les effets de cette mauvaise volonté se ressentent, les yeux de beurre surnageant dans le fond de l'assiette en témoignent, et toi, tu *vores** pourtant sur l'à manger comme un « affamé Russe », puis tu le paies, goulafre que tu es. Voilà, tiens, pour le concentré de tomate, la sauce blanche *raléchée* à même la grosse cuiller en bois, les *gougouilles* dont tu te bourres le soir venu, les crêpes au fromage surgelées requalifiées en «*flapies*» par Mamy qui s'est approprié à sa mode le terme néerlandais «*flapjes*» écrit sur l'emballage. Voilà ce qui te constitue, t'enrobe, te fortifie et te démolit d'un même mouvement, le trop riche, le trop gras, le trop salé, le trop bon.

Mais avant de jouir de cette indécente extase gustative, il faut passer l'obstacle, endurer l'épreuve auditive, il faut supporter *un* bruit, *ce* bruit, *le* bruit qui te poursuivra jusqu'à la fin des jours, ce fracas quotidien ponctuant toute la période de ton existence qualifiée de « jeunesse », cette confirmation sonore de l'entêtement de Mamy qui n'en fait qu'à son idée : *un* bruit, *ce* bruit, *le* bruit du couvercle jaune qu'elle ôte de la poêle, qu'elle place à la verticale contre l'une des parois de l'évier en inox, et qui immanquablement glisse et s'étale sur le métal gris dans l'infâme fracas de la cymbale en quoi l'objet se transforme, l'espace d'un égouttage ou d'un retourné de crêpe, et toi qui, voix de la raison pratique, répètes à Mamy de le coucher directement dans l'évier, et elle qui se borne à croire qu'en dépit des lois de la gravité, il tiendra en équilibre. Pourquoi faut-il que l'affaissement de cette pièce métallique te déchire chaque soir, avant le souper, tempes, tympans et âme ? Et tu vois Mamy récidiver l'erreur, saisir le pesant objet circulaire par le carré de fonte proéminent en son centre, prévu à cet effet, le soulever et le déposer dans le lieu de l'accident fatal, que tu es le seul à appréhender car personne d'autre ne semble s'en formaliser, mais qui toi te scie en deux, *dzrraaaaaaak*, ou plutôt *dzrrrèèèèèènk*. À ce moment s'installe en toi le rejet radical de la répétition, de la redite, et en même temps l'obsession de l'éternel retour, grâce à ce bruit que tu emporteras avec toi si loin, traumatisme acoustique dont tu éprouves la contrariante nostalgie, que tu te plais parfois à reproduire dans l'évier en inox des divers appartements qu'il t'est donné d'occuper, pour récupérer la part cachée, pour combler la part manquante, pour rouvrir l'enfance, douce cicatrice qui ne demande qu'à être ravivée et grattée à l'envi.

La main de Grand-Popa se superpose ici à la tienne, et ce sont ses lèvres qui murmurent des formules de chrétienté rebouteuse, des invocations – on n'est pas loin des fluides du père Antoine devant la tombe de qui tu t'es arrêté plusieurs fois au cimetière de Jemeppe, ornée de sa photo jaunie, avec ses yeux magnétiques, ses moustaches et sa barbe de pope de bassin industriel, reposant aux côtés de sa femme, elle aussi sertie dans un médaillon, joufflue, râblée, aux antipodes de toute possibilité d'élan érotique. Grand-Popa n'est pas antoiniste, il ne va pas au temple recevoir le fluide, il n'a rien non plus – bien que charbonnier de métier, ce qui pourrait l'intégrer à quelque obscure confrérie – du rebouteux, mais il connaît des prières, héritées de personne ne sait où, qui soulagent, dissipent les maux. Il a ce pouvoir parce qu'il remplit les deux conditions indispensables pour le détenir : avoir la foi, c'est le plus important, et être orphelin de père avant sa naissance. Le sien est mort alors que sa mère était enceinte de six mois. Il « signe » comme on dit, apposant sa grosse paume avec une douceur qui n'est que dans cette main d'honnête homme-là, sur la douleur à apaiser, et il entame sa minuscule liturgie de cuisine, assis sur un tabouret ou alors sur le divan près de toi, malade comme un chien ou banalement souffrant d'un point ou l'autre de ton anatomie en cours de modelage. Il fait coulisser avec précaution le premier tiroir de l'armoire de cuisine, en retire avec une délicatesse grave son portefeuille de cuir, brillant d'être usé, lustré. Il déplie les feuillets séculaires qu'il conserve comme un trésor dans cet endroit anodin, à la merci du premier malintentionné venu : il y a des trous, des gerçures aux pliures du manuscrit comme tu en retrouveras plus tard, dans un livre sur les *Grands Mystères de l'Histoire*, sur les clichés représentant le Saint-Suaire de Turin, et ces stigmates deviennent l'attribut des tissus et des papiers empreints de la part de sainteté de Grand-Popa, cette vieillesse parcheminée qui guérit de la cohorte des *méhins**. Lui seul est apte à faire dégonfler les brûlures, s'évanouir les crampes d'estomac, tarir la diarrhée. Grand-Popa se tient les paupières mi-closes, et ânonne en respirant, respire en ânonnant dans une coulure verbale qui se répand doucement vers la zone de turbulence et de crispation de ton corps. Au physique, cela ne semble rien faire, manœuvre placebo, mais invisiblement cela opère, « Ah ça, ça ne marche que si on y croit », énonce sentencieusement Mamy, et comme c'est Grand-Popa, forcément tu y crois. On te détecterait au scanner une boule de billard dans la tête, tu aurais un boyau tordu six fois, un poumon perforé à la fourche, la vessie fissurée, les reins dévissés, les yeux calcinés au sabre comme dans le film *Michel Strogoff*, Grand-Popa l'extirperait, le redresserait, le reboucherait, la recoudrait, les refixerait, leur rendrait la lumière, et te ramènerait à la vie en sept ou huit phrases psalmodiées, invocation à quelle force supérieure inconnue ? Et, pendant qu'il procède, sous son pull à mailles grossières, son ventre se soulève au fil de ses inspirations, et rien que de voir cette ondulation rassurante, le mal se laisse terrasser, rien n'est grave, Grand-Popa laisse sa main absorber toute la douleur, et là il faut pincer les lèvres car le silence est de mise pendant le prodige, sinon ça ne va pas, il faut se taire, respecter la prière et laisser le miracle s'installer dans un silence d'une simplicité toute solennelle. Puis Grand-Popa trace de petites croix du bout de l'ongle, se lève en disant

« Voilà, c'est fini » et « Attends un peu avant d'aller rejouer, hein, m'gamin » et tu restes couché, guéri, ramené aux vivants, récupéré de l'au-delà qui déjà te convoitait et t'avait presque happé.

Tu vas pouvoir aller rejouer, tu attends un peu avant.

## Primoglossies

Dans les dictionnaires, on trouve *faire catiant*, mais le relâchement articulatoire a transformé en ***faire catchon*** l'expression qui désigne l'action de chatouiller, et c'est bien plus évocateur ainsi.

Ne pas confondre ***le pogne*** avec la pogne. *Le pogne* est le poing mâle, qu'on fait parfois voler dans la gueule.

***Rûtabal***, expression à l'orthographe non normée, désigne un mouvement rapide, de qui/quoi se rue, se précipite, accélère, dégringole, etc.

Rien d'étonnant à ce que Mamy s'irrite que Grand-Popa ***blague*** avec une femme, car il y a dans ce cas, sous l'humour, un soupçon de séduction.

Le têtu ne prend que le virage qu'il veut, aucun autre. Il tourne, quitte à tomber dans l'ornière, à foncer dans le mur, à se retrouver dans le décor, peu importe, il tourne. Voilà peut-être pourquoi il est qualifié de ***vîreux*** en wallon.

À la ***quine*** – autrement dit le jeu de bingo très apprécié qui se menait notamment dans les Maisons du Peuple –, il est de tradition d'annoncer que l'on a quatre chiffres sur cinq par un tonitruant « Quadêre ! ». Quand le 11 sort, quelqu'un complète immanquablement « Les jambes du curé de Mons ! » et le 14 est rebaptisé « l'ènocint » en référence au pape (inexistant) du même nom !

Pour un poil ou un cheveu, ***racroler***, c'est devenir une crole, donc boucler, friser ; pour le corps, ***se racroler***, c'est se recroqueviller.

On peut légitimement soupçonner que ***kènnedal*** est la version wallonisée de l'expression « que dalle », mais elle n'est pas répertoriée dans les dictionnaires.

Quand un liquide ***spite***, ça jaillit, ça éclabousse, ça part en gouttelettes éparses ou en jet. Dans le cas d'un humain, le verbe est à entendre comme un mouvement énergique, incontrôlable. L'enfant *spitant* ne tient pas en place.

Le ***man'daye*** est tantôt l'homme de peine, tantôt le vaurien, voire les deux en même temps.

Les ***cakètes***, ces pierrailles qui parsèment les chemins de servitude, ne facilitent en rien l'accès au vélo ou au go-kart, et les pieds s'y enfoncent comme dans une neige à gros grains, mais qui hélas ne fond jamais.

Évidemment, lorsque l'on est consacré ***vèrt boyê***, « vert boyau », il se comprend aisément que l'absolu de l'antipathie est atteint.

Richesse du vocabulaire de la sécrétion dans la Langue première : les crottes de nez sont, quelle que soit leur nuance de gris, des ***loups*** que l'on débusque ; le ***molard*** est un crachat, venu de bas, longuement fomenté entre glotte, gencive et joue ; la ***crape*** est cette peau morte, croûteuse, voisine de la crasse, indice d'une hygiène douteuse ou d'absence de soins à une blessure.

Une onomatopée faite verbe : il faut avoir le cœur bien accroché pour ***spater*** l'araignée, plus encore la souris, dont les tripes seront apparentes une fois que l'on aura relevé la semelle de dessus son corps laminé.

Le ***sognâ*** n'est pas songeur, il a juste *sogne*, c'est-à-dire peur.

Où est le verbe ***fricter/friqueter*** dans le dictionnaire ? Il en a déguerpi, il s'en est enfui, comme le veut son sens…

Rimbaud évoque un mystérieux « œil darne » dans *Le Poète de sept ans*. En Langue première, on est tout ***dârnis'*** lorsque l'on se trouve pris de vertige, éberlué.

Allez, on ***tchoûke***, du dedans vers le dehors, et sous la puissance de la poussée, advienne que pourra !

Sous le ***stron***, on aura reconnu, à une lettre près, l'étron, qui peut se présenter sous forme de ***pètchales***, petites et denses boules de matière fécale à la rondeur régulière ; la ***hite*** (« diarrhée »), impossible à ***ristoper*** (« endiguer »), percute l'oreille de son h aspiré initial et étoile la cuvette en ***giglant*** (« giclant »). L'un comme l'autre ***flairent*** (« puent »). Car le gourmand est toujours puni d'avoir trop ***hèré ès' fôr*** (« jeté dans son four »).

La gestuelle de la contorsion est somptueusement illustrée en Langue première. Le mineur, l'ouvrier, le *man'daye*, la femme au foyer, tous ceux-là qui composaient jadis le peuple, sont en effet régulièrement amenés à se ***clintchî*** (« se pencher »), se ***kitwerchî*** (« se contorsionner ») et à ***djîstrer*** (« peiner dans une position inconfortable »).

La catastrophe minime est quotidienne, et elle aussi amène ses victimes à recourir à un vocabulaire très fort. Les ***toûrmints*** ne sont ainsi pas les tourments infernaux, mais des problèmes mêlés de complications. Ils peuvent prendre une dimension magique, par leur difficulté ou leur récurrence, et se muer alors en ***èmacralèdges*** (littéralement : « ensorcellements »).

On jure comme un ***tchèron*** en wallon, puisqu'en français on le fait comme un charretier.

Dans l'escalier de la Langue première, on ne progresse pas par marches ni par degrés, mais par ***grés***.

Une mère, au cri de son enfant en détresse, ne peut qu'***avoler*** (« se précipiter ») à son secours.

Le ***fougneûs*** et le ***roufleûs*** forment un duo d'experts en brusquerie. Le *fougneûs* percute sans égard les objets sur son chemin, du genou, du coude, de la cuisse, de la hanche, de tous ses flancs possibles, et le *roufleûs* les malmène manuellement, il claque les portes, ferme brutalement les tiroirs, rabat sans égard les couvercles, mû par une précipitation viscérale.

***Vorer*** n'est pas encore « dévorer », mais « se ruer sur la nourriture ».

Le ***méhin*** a troqué un h au groupe de lettres « squ », car c'est un problème médiocre, sans envergure. En cela, il se range parmi les pires…

# V

# Le mot

Onze, jour de la division de ton unicité flottante mais que tu croyais jusqu'alors insécable. Dans l'arithmétique des familles traditionnelles, un plus un font un, ou plusieurs ; chez toi, Petit d'On, un moins un fait zéro, c'est implacable. Tu sais avoir été conçu un onze novembre (onze du onze), et il aura fallu attendre tes onze ans (onze de honte) pour qu'on te traite du mot juste. Tu l'as reçu, en fouet mordant, au travers de la face et de l'âme. Celui qui te l'a adressé l'a pour ainsi dire craché, les poings vissés aux hanches, le visage légèrement incliné vers la droite, les babines retroussées. Il est plus petit que toi, mais parvient à te regarder de haut, lui comme exhaussé par la pyramidale portée dont il est issu. Progéniture, engeance, lui est englobé, cerné de repères, aînés et cadets à foison, il est situé : un petit campagnard à la gueule déjà tordue, comme cassée par les cris que lui assènent au quotidien ses procréateurs. C'est dans la rue principale du village de Heuzémois, où Maman a acheté une petite maison de vacances. On y débarque les week-ends avec Grand-Popa et Mamy, dans la Lada Break vert pomme dont tout le monde se moque tant le véhicule est grotesque et démesuré, mais qui continue à rouler quand tous les autres tombent en panne. C'est 1980, 1981, 1982, 1983 et 1984. Tu es sur ton vélo torpédo, corps boudiné de gros gâté, et les autres, les cinq de la famille Donnadieu qui habitent en face, ont flairé le vulnérable. Tu t'entends assez bien avec celui qui a ton âge et presque ton gabarit (mais comment s'appelait-il déjà, et les autres donc ?). Ses frères gravitent, satellites *man'dayes*, l'avant-dernier surtout, avec sa tache de vin qui lui dévore la moitié de la face et qui te dégoûte un peu malgré la pitié qu'il t'inspire aussi. Vous êtes toute la journée dehors, dans les jardins, sur les routes, et le territoire de l'aventure, même s'il n'est jamais constitué que de deux grandes rues, de la place de l'église et de quelques vergers, eh bien, c'est le grand dehors, le plein poumon, la découverte de l'audace pour le couvé que toi tu es.

Ce jour-là, Christophe Donnadieu se campe devant toi. Son nez retroussé, trompette en amorce de groin, te jauge en défi et confère à son visage, en plus de sa laideur, une profonde méchanceté. Le soleil pique droit sur vous deux. Tu sais qu'il est, dans le clan des sept, le caractériel. Il est souvent pris de colères effroyables, balançant des coups de pieds et de tête à père, mère et frères, il lui arrive d'écumer, il peut hurler, à la limite de l'épilepsie baveuse et de la révulsion oculaire. Ce jour-là, il n'a envie que de te dire ton fait, et il n'hésite pas, il se plante là, au centre de Heuzémois, carrefour définissant par la maison des fermiers, la maison du curé, celle des Donnadieu et la vôtre, une manière de Clochemerle ardennais, et il te fixe en ricanant, puis il lâche le mot. Les deux syllabes sonnent comme un jugement dernier dans la bouche d'un enfant qui s'appelle Christophe Donnadieu, le porteur de Messie doublé du don divin. Les deux syllabes se sont formées dans le ciel et tombent du plus haut sur toi par l'intermédiaire de cette bouche qui exhale une haleine de charcuterie, relent de la salive mousse qui se forme à ses commissures à chaque fois qu'il s'exprime, mais pour le coup, la bouche est d'or, proclame une vérité à ton égard, c'est toi, c'est vrai, c'est toi, il a visé juste, le prophète bouseux, il a fondu droit au nœud de ton être, a fouaillé en un éclair en direction du cœur et l'a ressorti palpitant, et il a réverbéré en un éclair tout le faisceau des présomptions telles qu'elles peuvent circuler dans un patelin de moins de cent âmes au sujet d'un enfant qui arrive avec sa mère, sans homme, et ses grands-parents maternels. Ce qui doit se dire à ce propos avec les sourcils froncés des mentalités en perpétuel recul et des hypocrisies rurales, cette infamie que révèle ton atypique configuration familiale, Christophe Donnadieu, produit gésineux de quelque consanguinité d'arrière-grange, s'est autorisé à le régurgiter, glaviot acide, en reflux de sa propre toute-puissance de pourvu généalogique, Christophe Donnadieu l'a dit. « Bâtard. »

On dit « bâtard », on pense chien galeux, marchant le bassin de biais, regard honteux, truffe morflée, surnuméraire. On dit « bâtard » et, en 1984 dans le patelin de Heuzémois, on pense encore coït interdit, dissimulé, et châtié sans doute par des tares transmises par le sang, comme le strabisme et la demeurerie. C'est l'insulte suprême, la proscription de la sphère des transmissions bivoques. Et tu incarnes cette exception, tu l'apprends d'un coup, un pied posé à terre alors que la selle de ton vélo te rentre dans les fesses et accentue encore la pression de ton propre short, serrant tes trop gros jambons de cuisses, te coupant l'entre-fesses suant du peu d'effort que tu produis à chaque fois qu'il s'agit de donner quelques coups de pédale. Tu l'apprends, ton originalité, ton unicité, « bâtard », alors que tout ici ne devrait être que robinsonnades entre copains, jeux légers et naïfs, bol d'air, non, l'univers se resserre et se scinde en même temps, te voilà semi-éclipse et pour longtemps, portant le nom de ta mère, de ton grand-père maternel, fruit de l'absent, renié pourquoi ?, donc « bâtard », tu ne peux que donner entièrement raison à Christophe Donnadieu que tu ne vas même pas frapper, que tu vas continuer à regarder hébété, lui te fixant, bien complet, deux en un, légitime en la vie, ce que tu n'es pas, apprends-tu. « Bâtard. » Indésiré, d'une part de ton amont en tout cas, et indésirable plus sûrement encore dans le périmètre de Heuzémois. Les synonymies se condensent dans un mot de gamin. Et pour la première fois de ta vie, le sens gicle, t'éclabousse et te souille.

On colle une affiche « à vendre » sur la fenêtre de la maison quelques semaines plus tard. On quitte le village de Heuzémois. On remballe, pour revenir définitivement rue de Ruy.

# VI

## L'enfance unique

Quinze ans en 1988, ta vocation de littéraire se dessine. La nuit, tu poses en créateur sur monomatelas. Couché de flanc, tu empiles texte sur texte dans la lumière orangée des insomnies. Sur du papier brouillon très finement quadrillé, tu découvres la « poésie », cette dimension ésotérique de l'ennui et de la frustration, ce prurit d'inutiles secrets. Au bic, tu étales avec parcimonie tes énigmes maladroites, tes passions romantiques écourtées à la saignée du poignet et tes tragédies gastriques battant son plein, autant de kermesses intimes qui *tournent à moule** ; tes complexes se font enfin une jeunesse, dégorgeant leurs ellipses, se frictionnant à l'émeri des chiasmes, et tu accouches dans une prose tupperware les hermétismes de ton acné et de tes timides pilosités, auxquels tu t'entêtes à vouloir prêter un sens.

Ton corps se traduit en textes abscons, d'un rien se fait une extase, malaxe ses faibles stimuli. Tout ton être bourdonne « seul tenant » autour d'une parole garrottée qui te souque aux parois, te débâcle du dedans, se pose sous ton nombril, s'en repaît, le creuse goulûment. Tu te mesures à la langue, avec le sentiment d'écrire à la verticale, en puits, cherchant la poche de grisou où ton âme s'étire. Porion mineur, *poyon** désabusé, tu herches et cherches, tu te mets au trou et te fabriques à renfort de lettres et de syllabes les pièces avec lesquelles colmater tes propres brèches. Quinze ans en 1988, tu estompes tes angoisses par fragments macaroniques que toi-même tu es bien en peine de comprendre. Tu essouffles des épopées à peine esquissées, coincé entre le refus et l'envie d'y rester, d'y rester pour toujours, malgré tout.

*
* *

Quatorze ans en 1987, tu atteins le pinacle de tes terreurs nocturnes. Le scénario panique se dessine sous les draps. Somnolent, tu te mets à cavaler vers le point où tu en mènes le moins large, sous la couverture soudain devenue d'eau, dans l'aquarium à dodo. Le râle qui jaillit réveillera encore tout le monde, mais qu'importe… Une brique au plexus, haletant, tu enchaînes des rêves truffés d'aliments ingobables qui s'engagent inexorablement dans ton conduit central et te donnent l'impression que ton *buzê** est obstrué, que ta jeunesse *s'ècrouke**, qu'elle se vide d'air, qu'elle passe de force par le fameux « trou du dimanche ». Tu te mords la langue jusqu'au sang pour la maintenir en place, la maîtriser, ne pas déglutir, surtout ne pas la déglutir. Chaque songe est un boyau qui débouche sur les questions et l'étouffement, sur l'envers de l'éponge de ce qu'est vivre, peut-être sur le ressassement de ce patronyme qui aurait dû être le tien ou alors de l'inadmissible qualificatif qui, depuis qu'on te l'a assené, trois ans auparavant, dans le village de Heuzémois, a eu le temps de s'indurer, de se caler dans ton goulot, et qui ne passera plus.

Tu rêves souvent d'un long toboggan jaune, d'une circulation kilométrique et strictement interne menant à toute allure droit au bassin de tes peurs, vers quel reflet négateur de toi-même ? Asthme fulgurant, vertige de face, tu dégringoles à la suite de la langue et de l'angoisse premières. Impression que l'air ne touche plus le fond des poumons. Et respirer devient ce travail conscient. Quatorze ans en 1987, et c'est l'impact avec une certaine mesure de la vieillesse, la précoce révélation de ce qu'est la décrépitude anatomique et l'engourdissement des sens à cet autre bout de l'arc du temps où se tiennent Mamy et Grand-Popa. Tu t'assoupis dans un bain de sénescence, tes audaces et tes élans font retraite entre les gondolements des murs pris d'humidité et des carreaux à double vitrage qui n'isolent décidément pas, qui pleurent à grandes traînées et opacifient le dehors, même en plein jour. Quatorze ans en 1987, tu fermes de l'intérieur le frigo de l'abattoir aux émotions, te tranches, te retranches, et plutôt que t'épancher, tu t'étrangles. T'étranges.

*
* *

Treize ans en 1986, tes ménisques et périls prennent, à force de pression, l'empreinte du tapis plain gris et bosselé de ta chambre à l'étage, dont les fenêtres donnent sur une section, *ta* section, de la rue de Ruy. Toi guetteur au mirador stratégique, panopticon pour le Petit d'On devenu p'tit con aux aguets des p'tites connes, tu *awêtes**, genoux en flammes dans la faction, dans l'attente du défilé de celles qui doivent inéluctablement surgir à heures fixes. Par exemple Josette, aux minijupes vert pomme irritantes, aux talons taraudants, qui vit dans le *casêre*, dont seuls le bassin et les cuisses sont visibles depuis là où tu la zyeutes quand elle revient ou part travailler en voiture, et mieux encore quand elle stationne carrément – oui, cette bonne fortune est envisageable – pour saluer Grand-Popa assis sur le banc juste en face de la maison, et qu'elle échange quelques banalités avec lui, sans se douter de ce que tu trames là-haut, derrière les rideaux collés aux vitres, toi observateur aux tréfonds chargés *à mac**.

Avec elle aussi et la kyrielle des autres proies rétiniennes possibles, ton enfance s'adultise, ta gravité lévite, ta pesanteur décante par retroussements précis, tu apaises tes raideurs aux dépens des rarissimes passantes. Manœuvre *abèye abèye*, voici l'une ou l'autre, sitôt l'écho des pas repéré ou une silhouette galbée se profilant, toi front aplati au carreau, redoutant l'occultation de la perspective par le nimbe de buée qui se crée autour de ton visage, tu exhibes le mandat d'amener en surface la mélasse de tes désirs, ton moi se cambre à bout touchant dans un espace visuel confiné, défini par le poteau électrique en face de la maison et les bouleaux où nichent les pies du terrain en friche de l'autre côté de la rue, agenouillé pour n'effeuiller rien d'autre que le calendrier des peaux, pantalon à bas. Treize ans en 1986, chape innervée, autoproclamé ambassadeur du vide, tu frictionnes tes plus faibles résidus, expulses avec parcimonie tes masses atomiques quand s'offre le hasard furtif d'une Grâcieuse de Hollogne incarnée, insoucieuse du regard qui la suit de derrière un rideau anonyme, du plaisir pris au détriment de la sauvette qu'elle offre. Tes neurones triment dans l'attente souvent prolongée, les muscles de tes reins trinquant mais qu'importe, c'est bon. Tendons et genoux morts à force de contact, dans un silence poignant, poignant toujours plus ferme, jusqu'au coup d'éclat le plus sourd, au centre parfait des choses.

*
* *

Car maintenant il faut plonger, vers l'axe, le pilier, la fondation, l'élément déclencheur, le nœud, l'étincelle de base qui fait que tout se déterminera, l'œil, la main, la langue, le sexe surtout, le sexe, maladroitement érigé encore, en quête d'angle, treize ans toujours en janvier 1987, tu dois ce soir-là,

18h30, t'être précipité comme à l'accoutumée dans le salon pendant que toute la famille, achevant les assiettes du repas vespéral, se tient dans la cuisine juste à côté, tu disposes de dix, quinze minutes maximum pour zapper sur les chaînes musicales qui diffusent leurs clips en continu, avec le meilleur des bonnes, Samantha Fox, Sabrina barbotant dans la piscine avec les *tèttes brotchant foû** de son maillot tant cela barloque là-dedans en masses saillantes dont l'on entrevoit les bouts même au travers de la lingerie humectée et collante, sommet de l'extase en ces minutes de recherche des points focaux. Te voilà donc installé dans le gros fauteuil en cuir veiné de blessures et poli de fatigue d'avoir été écrasé, dont on entrevoit le rembourrage jaune à travers quelques cicatrices mal guéries, auquel il manque un bouton arraché par le caniche Boy ou parce que quelqu'un s'est laissé glisser dehors, toi peut-être, en traînant des fesses, et qu'on n'a pas recousu, tu passes donc en usant et abusant de la télécommande sur Channel TV et les programmes présentés par des jeunes dynamiques, coiffés en brosse, mâchoires chewing-gum appliquées à des sourires empruntés mais qui convainquent de la pertinence des statistiques du succès énoncées avec un enthousiasme délirant, et qui balaient les hitparades de la semaine, remontent vers le « numéro un » par un subtil compte à rebours, imprévisible en ses arrêts, et le défilé commence, les minijupes, les bustiers, les lèvres fardées, les courbes astringentes, les mannequins impassibles qui ondulent à peine derrière Robert Palmer lançant son micro en avant, le rattrapant et lâchant le rot sensuel et prolongé de son *Addicted to love*, les voiles immaculés de Julie Piétry marchant dans les ruines d'on se demande quelle ville antique de pacotille, le jeans court et serrant mais même pas moulant de l'impubère Vanessa Paradis, le pif busqué et les grandes lèvres gourmandes de Rose Laurence à vous engloutir le Kilimandjaro et le mont Fuji d'une même goulée, le tee-shirt épousant le néant pectoral mais quel néant de Corinne Charby, les yeux envoûtants de Sandra et de son hapax musical *Maria Magdalena*, les contorsions à la limite de la transe charcotienne de Kim Wilde sous la moustiquaire parcourue de tarentules de *Cambodia*, l'armure agrémentée de fragments de cotte de mailles derrière les jongleries de glaive de Kate *Babouchka*, bref, le moindre prétexte éveille, émeut, ébranle le pétillement et la fascination.

Mais ce jour-là de janvier 1987, quelque chose se produit qui va forger le moule et figer la libido de toi, glettant gamin lubrique, dans un attrait raciné entre plexus et scrotum : Madonna pénètre le *chart* avec *Open your heart*.

Les deux coups annonciateurs de *sticks* en boîte à rythmes déclenchent le processus, fixent à jamais l'image déroutante, et la caméra descend sur une silhouette de créature opulente, découpée à même le carton-pâte de l'illusion et agenouillée, assumant son design Lempicka, pupilles absentes, pas tout à fait orientées vers le ciel mais de biais et immergées dans un vide infiniment sidéral, et entre le sixième et le septième tintement de synthé, la dégringolade se poursuivant, sa gorge nue se dévoile, ornée à chaque mamelon d'un voyant lumineux qui flashe, et c'est l'entrée d'un cinéma que surplombe cette impudique nudité, ou plutôt l'entrée d'un de ces endroits où l'on regarde apparemment autre chose que des films, des femmes en chair et en os – tu sais que cela existe puisque Maman a travaillé comme ouvreuse dans des salles de projection pour vicieux avant de vendre des chocos dans des salles normales où l'on projetait *King Kong* ou *La Nuit des vers géants* – et là, tu en vois enfin un, de ces endroits isolés, surgissant en plein désert, architecture préfabriquée entre cirque et baraque foraine, livrée à la solitude d'une grand-route exagérément néomexicaine ou texane, et le client qui se présente est un gamin de ton âge, pas loin en tout cas, et il a ce mouvement de petit mec qui se passe la main dans les cheveux comme à l'orée d'une bravade, et le vieil homme qui végète dans la guérite, lui, incarne la lassitude, le revenu de tout, le bougon, batterie, *oh contact*, accès refusé, le doigt du vieillard sapé de blanc comme un gangster en fin de carrière opère un mouvement latéral, métronomique, aussi catégorique qu'épuisé, et le gamin reste en rade, en dehors du mystère, exclu de la sphère à lumière, à plaisir, à bon, lui restent en pitance les affiches barrées aux niveaux stratégiques du désir mais suffisamment suggestives pour lui faire comprendre le jeu de voilement/dévoilement qui va se dérouler à l'intérieur, la sacrée danse et sa contemplation discrète que le petit ébauche en faisant alternativement passer les paumes devant ses yeux, et le Visage de la Madonne est cité, rappel de la figure cartonnée des secondes initiales, baignant dans le bleu du fantasme froid qui fait contrepoint, contrepoids à la lumière vulgaire, froidement éclatante du lieu, néonée, et tu nais au néon à cette exacte seconde, et le premier volet s'actionne, un couple de marins rigides en uniformes apparaît, puis de profil, au centre de toutes choses, d'une cinquième dimension créée rien qu'à son seul effet dirait-on, Elle, eLle, elLe, ellE, guêpière noire, assise à califourchon sur une simple chaise cannée, les radius négligemment appuyés sur le dessus du dossier, mains ballantes longuement gantées de satin noir rehaussé de franges brillantes, le dos voûté, la tête inclinée et dissimulée une seconde par les avant-bras avant de se redresser, adoptant une visée parfaitement parallèle à celle des pointes métalliques qui lui rehaussent le buste, et ses cuisses, ses divines mirobolantes abandonnées fermes pleines tendues à *hagnî** dedans cuisses devinées sous la résille sombre, qui disparaissent trop vite sous l'effet du zoom progressif se dirigeant vers son visage à la même vitesse qu'il pivote vers la droite et, évitant de croiser la caméra, coule un regard aigu vers les bords où se tiennent les zyeuteurs, elle-même tout entière pivote à 180 degrés et, des mains, passe sur ses seins, ascensionne vers sa gorge, ses joues, ses tempes, bascule en arrière, esquisse l'offrande, et se débarrasse de sa perruque chrysalide noire de jais pour éclore blonde platine, tranchant couperet de chevelure gominée qui explose et évacue le glauque, ou le confirme, cela revient au même, en tout cas devient là soudain l'œil inaboli du cyclone qui naît en toi, fouetté du dedans, écrémé avant même que d'être monté à ébullition, toi sapé devant l'Apparition, submergé par le rythme, l'arrogance, cette chiennerie qui déboule dans ta vie comme si cette femme à elle seule était une meute de louves indomptées et rassemblées en un seul être, incarnées là, et se donnant, Madonna, cou horizontalisé, glotte à pic, lèvres à vif, perfection girante, girouettante, virant devant les faces de marbre d'un pervers à chapeau suintant de l'épiderme, d'un type qui la mitraille en paparazzi de son appareil photo en mâchant un sourire de hyène haletante, et tu reconvoques tout ton anglais scolaire pour saisir au vol ces paroles de soif, de feu, *my desire burning inside of me*, comment décrire ces flexions que tu connais déjà par cœur, qui se gravent *Mane Thecel Phares* sur la paroi de ton mur à châtiment interne, son arrondi du genou, son mollet piquant proche de l'angle droit tandis que l'autre jambe se fléchit, se relève, puis le sublime rouage musculaire s'encastre à nouveau sur la chaise, et tu saisis alors tout, ou plutôt cela te saisit, t'empare, te soumet, les lanières qui se rejoignent derrière la nuque, fines bretelles qui sous-tendent les chairs outrageusement portées, le moindre frémissement des falbalas, l'élan jaculatoire des talons aiguilles, elle roule des épaules, appuie le menton sur son poing fermé dans des poses inconcevables qui se greffent désormais dans l'imagier de tes frissons les plus infinitésimaux, la scène se larde de plans très brefs sur les visages des mateurs, profils cachés, rasta goguenard, elle pirouette, marche d'un pas conquérant, se déploie dans l'espace disponible qui circonscrit sa beauté, balaie à gauche et à droite, tempête de chorégraphie millimétrée et de vie, bras en l'air, descendus, bassin mouvant, c'est une onde, un arc, une œuvre, c'est elle, arrivée, descendue parmi les hommes et à toi imposée, c'est elle qui d'un coup de hanche façonne ta libido pour les siècles des siècles, et te fait définitivement basculer dans l'univers de la tension physique, et tu seras pour toujours ce petit garçon qui tente de s'immiscer vers le spectacle carné, ce gras gros gris *grrrr* cochon à lunettes en culs-de-bouteille qui ira jusqu'à payer, tant pis, oui, qui payera, pour feindre d'observer impassible alors qu'en son faible for intérieur il n'est plus que ruines incendiées, fumantes de désillusion, ou peut-être ce griffonneur qui ne regarde pas le show mais le connaît si bien qu'il a besoin d'être plongé dans cette atmosphère, pour écrire quoi bon sang ?, le temps file, tu en prends conscience, le décompte des secondes est crucial, toute la famille peut décider à ce moment de migrer de la cuisine vers le salon et te prendre sur le fait de touche zizi, tandis qu'Elle sautille, *you turn à keeey*, serpentine, elle tourne le dos, en flagrant délit de dépossession, elle apparaît floutée puis redéfinie, écartelée en compas béant, *ouh baby*, déambule en traînant son trône tracé d'une seule ellipse devant un public de monômes monomanes, chacun aux prises avec l'extase, l'hypnose, elle s'inscrit dans le cadre des complaisances, monte pendant que le volet descend, c'est un infernal jeu de miroirs, un cadeau dont il faut se repaître jusqu'à l'ultime centimètre disponible de rai, avant qu'il vous soit retiré, spolié sans pitié, elle feint d'abattre les silhouettes à coups de revolver invisible, court en crabe, s'époumone jusqu'au mouvement à la limite de l'imperceptible et pourtant essentiel où elle agite les épaules, pas plus de trois impulsions avant l'apothéose du bond, *I hold the lock and you hold the key*, l'anglais te pénètre par les pores, t'embrase par ses suggestions mal dégrossies et ses métaphores brutes, ses liquides, ses diphtongues te sont en un tournemain familières, à genou maintenant, elle entreprend d'ôter ses longs gants, face à toi, c'est pour ainsi dire être nue cette mue des avant-bras, tout se suggère et se devine après ça puisque le vêtement est accessoire, tu sais comment elle est faite, elle est livrée.

Dernier plan sur elle qui se couche en position fœtale, n'articule plus une parole même si la chanson se poursuit, et l'enfant à l'extérieur est dans le même état de sidération que toi pour avoir vu, contaminé par ce qui a percolé du dedans de l'établissement, il mime comme par filtration magnétique ce qui lui a été celé, ultime défilé des spectateurs depuis le migraineux grimaçant jusqu'à la gouine blasée de la dernière cabine – et cela aussi correspondra à l'une de tes façons de regarder en voyeur absolu, ce privilège dont tu te sens le détenteur lorsque, campé devant un immeuble, tu observes d'un étage à l'autre des vies parallèles se dérouler en superposition synchronique alors qu'elles sont imperméables entre elles et s'ignorent mutuellement –, un baiser chaste posé sur les lèvres d'une Madonna rhabillée, antisensuelle au possible dans un costard coupé droit, identique à celui de l'enfant, émiette l'enchantement du jeune protagoniste, et le monde reprend ses droits, et Madonna son insouciante liberté crépusculaire et sa crapuleuse sensualité, ce qui fait le malheur du tenancier qui l'exploite et de toi, petit branleur aux prunelles grillées par la fixation des pixels tricolores vert bleu rouge, condamné à te trousser la glande en hâte et discrétion dès que cela t'est rendu possible, dès que tu entends résonner les deux coups du signal pavlovien et que tu sais que le décompte est lancé, qu'il vaut mieux enregistrer le clip et savoir sur quelle cassette VHS il est clandestinement calé, entre un documentaire et un film avec *Arnolschwarzenzer* comme dit Mamy, pour le rembobiner à l'envi, arrêter sur image, relancer au moment clé, treize ans en janvier 1987, manipulé et téléguidé par l'industrie du spectacle et ses poncifs, mais l'assumant, le revendiquant, baiseur de biais, noceur niais, et si bien sûr personne n'y est.

*
* *

Douze ans en 1985 et, « comme par un fait exprès », chaque dimanche tes vertiges reviennent, inexpliqués, à la cause introuvable : bouchons dans les oreilles ?, syndrome de Ménière ?, hypotension ?, épilepsie mineure ? On ne sait, on s'interroge. On fait venir le docteur moustachu qui, au sortir d'une énième consultation infructueuse, instille en toi l'idée de la mort brutale et sournoise, au moment de regagner sa voiture quand il raconte avoir rendu visite au matin à une famille dont le fils – exactement de ton âge – est décédé dans son sommeil d'une rupture d'anévrisme. Il lâche ça, l'air de rien, en s'installant au volant, pressé par son rendez-vous suivant, mais toi, tu voudrais qu'il s'explique : on peut donc mourir ainsi sans s'en apercevoir ? on est à portée de ce mot qui commence avec des allures suaves et anisées pour se terminer dans un grincement de vrille, « anévrisme » ? on peut donc disparaître sans s'être senti vivant ?

Avant le docteur moustachu était venu le docteur vietnamien, maigrelet, qui n'avait guère eu le temps de s'intéresser à ton cas, mis à la porte sans autre forme de procès par Grand-Popa à la minute où le généraliste bridé au ton melliflu lui avait sans ménagement assené le diagnostic de son artériosclérose, nouvelle que Grand-Popa avait accueillie à grand renfort de cris et de jurons, puis en congédiant, du bout d'un doigt menaçant, le petit praticien confus et vexé.

Avant lui sévissait la doctoresse à forte haleine d'alcool macéré et si plaisante d'être exubérante, mais peu sagace au bout du compte, qui préconisait notamment l'immersion dans l'eau glacée de la baignoire pour faire baisser les grosses fièvres et les flagellations d'orties pour activer la circulation, et qui une fois s'était retrouvée les quatre fers en l'air de s'être assise sur un bras de fauteuil au moment exact où Grand-Popa s'en extirpait, qu'on s'en riait malade encore en l'évoquant des années après, quelle scène elle avait faite et quelle *harlade** elle avait provoquée.

On a vu en somme, dans le salon du 203 de la rue de Ruy, défiler la page « Docteurs » du bottin pour tout Grâce-Hollogne, et pas un ni une pour dire pourquoi, chaque dimanche, « tu as tes vertiges » selon l'expression consacrée, un jaune d'œuf semble prendre la place de ton occiput et, vaseusement, appuie depuis le derrière de tes yeux pour faire dériver le sol, pour te faucher les jambes et te faire valser de biais, et il s'agit de rester couché, ne pas bouger d'un iota, sinon c'est tangage pendant une heure, deux heures, six heures, puis cela s'estompe, on se redresse, on reprend la station debout, la marche pénible, guère plus rapide pour le coup que celle de Mamy.

Douze ans en 1985, châtié de ton empressement à vouloir te rétablir en *homo erectus*, tu avances *maqué** par le malaise, bossu et cou rentré dans les épaules, en attendant que ça passe. « Est-ce que ça passe ? » s'enquiert Maman tracassée, et toi de tenter cette suprême gageure d'exprimer une négation sans bouger la tête, sinon c'est *Radeau de la Méduse* depuis l'occiput aux tempes. Pas un ni une spécialiste pour déceler pourquoi toute la tête devient ainsi houleuse, scabreuse, marmotteuse, et comme par un fait exprès le dimanche, quasi chaque dimanche, ce jour maudit où quand ce n'est pas la chasse d'eau des cabinets qui fait des siennes, c'est ta tête. Une onde louvoie sur l'ellipse de ta nausée, une bulle de mercure leste ta verticalité et la contrecarre, ton regard se laisse subjuguer par les yeux multiples, étirés, des lambris de bois qui gercent le plafond et dont tu commences à connaître par cœur le psychédélique agencement tant tu l'auras fixé en attendant que ça passe, « Est-ce que ça passe ? » redemande Maman qui revient dans la chambre toutes les vingt minutes. Et pourquoi aura-t-on vu tant de diplômés, qui n'arrivent pas à se prononcer, comme ce spécialiste du sommeil à l'inconcevable nom slave, en tablier blanc, qui accole sous le menton ses longues mains en les rejoignant juste par le bout des doigts qu'il a d'interminables, et affligé d'un tic déformant qui lui fait étirer la bouche et rejeter la tête en arrière, et provoque le fou rire de Maman qui n'en peut plus de s'asseoir devant tous les Sphinx de la morticulture l'interrogeant à ton préoccupant sujet, et au passage t'inquisitionnant toi aussi.

En particulier sur ton poids, ton surpoids, ton hyperpoids, ton inquiétante propension à la prise de kilos, tes bourrelets, tes plis, ton quel-ventre-à-son-âge-madame, tes trop bonnes jambes, ta « panselette » comme dirait affectueusement Grand-Popa (mais eux n'ont pas de ces tendresses), en somme ton obésité, « Si, si, madame, votre fils est obèse, ça ne veut rien dire, qu'il n'est pas gros de partout, ce n'est pas ça un obèse, on peut l'être juste d'une partie du corps », et ton ventre roule en ta tête, tu zeppelines, tu montgolfières, pourtant tu ne manges quand même pas tant que ça, « Hein, tu ne manges quand même pas tant que ça ? » s'enquiert Maman bien qu'informée du régime parallèle auquel te soumet Mamy (jamais une seule boule de Berlin ni un seul éclair au chocolat, mais deux, jamais un seul coco mais trois le mercredi, jamais assez dans l'assiette, dans la tasse, dans le bol, sur la tartine), mais toi, tu t'offusques, « Oh non, je ne mange quand même pas tant que ça », et la tête de l'endocrinologue, de l'hypnologue, de l'allergologue vacille, son faciès se crispe d'un déni, « Si, voyons, si, madame, il mange, ce n'est pas possible autrement », « Oui mais, est-ce que ça explique les vertiges, docteur ? ». Et tu repasses des tests, des encéphalogrammes devant stroboscope, sans stroboscope, du sommeil, de l'éveil, le cuir chevelu tartiné de cette colle qui part ensuite à *crapes* mais qu'on est bien obligé d'enduire parce que, sinon, « les électrodes ne tiennent pas », surtout pas à l'hôpital de Bavière où les tensiomètres manuels ne fonctionnent ni de la poire ni du tube gradué, où l'on a l'impression d'être hospitalisé il y a un siècle. On te fait respirer du nitrate d'amyle, on te bascule en arrière, en avant, de côté, pour voir si ça te fait tourner encore plus la tête, et étonnamment, oui, ces brusqueries et autres agressions médicales te donnent envie de gerber… Puis te voici devant un homéopathe congolais de 140 kilos qui lui aussi juge ta disproportion et prescrit pour la contrer de l'eau un peu âcre à trois cents francs le décilitre, puis tu passes à la pesée chez des diététiciens tous plus lourds que toi et qui établissent des régimes à dix, « Oui, dix, pas onze hein madame, il faut résister, même s'il redemande. De la volonté ! », dix frites par semaine, et encore, rôties sur un grill, emballées dans du papier alu pour que les mauvais sucres suintent et que les bons sucs restent. Puis on t'ausculte, on te palpe, te radiographie, te passe au scanner, on te prescrit pendant dix ans de la Dépakine contre des crises d'épilepsie que tu ne feras jamais, pour t'apprendre en fin de compte que, comme tout cobaye qui se respecte, tu n'es malade que d'être trop bien portant.

*

* *

Onze ans en 1984, Maman met un peignoir et des bigoudis, elle aussi est bien portante quand on revoit les photos, des bonnes joues, elle a trente-six ans pour l'éternité. Elle *se racrole* dans le fauteuil, elle ne tient plus éveillée dix minutes devant un film, elle part, hop là, la tête qui flageole, sa bouche qui s'entrouvre légèrement, elle travaille trop, elle fait des journées terribles, des journées d'aide-familiale, en dedans aussi certainement elle travaille, mais il est bien connu que rien n'arrive jamais jusqu'à la surface du visage des saintes, elle troque sommeil pour plainte et il ne se passe pas un jour qu'elle ne ramène une petite voiture produit blanc ou un pif gadget avec son bonus pour toi, gros pourri gâté. Grand-Popa tend ses jambes dans le fauteuil, Mamy s'affaisse dans le divan qu'elle polit, qu'elle *siprâtche** chaque soir au même endroit, on met *in extremis* « le un », la RTB, pour le journal parlé avant que la torpeur gagne, et ce jour-là, tu te souviens si bien, un gamin de ton âge est mort sous les balles de gens qu'on appelle les « Tueurs du Brabant », c'est impensable ça à onze ans une boucherie aux caisses d'un grand magasin, c'est impossible, toi quand on est là pour payer, c'est en sécurité, avec Grand-Popa qui est repassé douze fois devant la démonstratrice de margarine pour obtenir chaque fois un demi kilo gratuit ; c'est en sécurité, avec Grand-Popa qui cache des piles dans les grandes poches de sa « gross'vess' » ; c'est en sécurité avec Mamy qui a pesé les fruits en vrac, pris l'étiquette hors de la balance automatique, retiré le sachet, remis des fruits dedans, et seulement là à ce moment-là a plaqué l'étiquette du prix, « hè c'est bon ainsi » de conclure Mamy, proudhonienne qui s'ignore, qui applique dans la mesure de ses moyens de petite pensionnée le principe sacré de « l'État nous vole volons l'État », ça c'est comique de la voir faire ça impunément et de se sentir à onze ans le complice de ses fourberies minuscules, alors imaginer comme ça une tuerie sous les néons d'un supermarché, on dit qu'un enfant ça ne peut pas imaginer mais toi onze ans tu vois déjà très bien d'ici, du divan, ce qui s'est passé, tu sens le froid du parking d'Alost, tu entends les cris, ça a dû être un de ces moments raides, suspendus, entre le passage las des commissions sur le tapis roulant à l'heure des cernes et la brutalité du carnage panique, onze ans, il n'y a pas de commune mesure dans la tête d'un enfant de onze ans, le géant va tuer Maman aussi, c'est sûr parce qu'il y a dans la bande un géant et dans la tête d'onze ans quand on a que sa maman les géants et les méchants c'est pour Maman, Maman sera sur le point de payer ses courses et pan un homme avec un pull jaune à col roulé lui tirera dessus à bout portant, et elle serrera dans sa main droite la petite voiture emballée sous vide produit blanc, tout ça un enfant, onze ans, peut très bien l'imaginer, le remuer, le ruminer jusqu'à ce qu'il entende le ronron rassurant du moteur dans la cour de la maison et le fer de la barrière s'abaisser, et c'est Maman qui rentre, il n'y pas de doute, ouf elle est là, mais demain peut-être ou d'après ça recommencera, Maman ne reviendra jamais du Delhaize, le géant va la mettre en joue, « je ne veux pas », onze ans et où que tu ailles tu es partout à Alost, à Jemeppe c'est Alost, à Seraing c'est Alost, à Hollogne-aux-Pierres c'est Alost, tu marches dans les rues avec Maman et les rues se transforment en rayons, les voisins, tout le monde porte une cagoule, chaque homme mesure un mètre nonante au bas mot, les bouches sont des *riot gun* et les mots des douilles fumantes qui tombent lentement comme les projectiles rouges de ton Goldorak de plastique creux, comme quand il y a la mort qui touche arbitrairement des gens, au ralenti, sur le carrelage blanc du Cora, entre les caddies du Carrefour, sur le parking du Colruyt, devant les portes coulissantes du Brico-Center, au pied du cadavre de la vendeuse du Spar, entre deux boîtes de cintres du C&A, à côté du frigo aux glaçons de l'Epécé, du Nopri, du Delhaize, onze ans et c'est partout menace à partir du moment où tu comprends qu'un petit garçon de ton âge ne recevra plus jamais de petite voiture rouge produit blanc des mains de sa maman parce qu'un monsieur, un grand bandit, l'a tué froidement, et pour ne rien voler encore, ou si peu, et puis il est parti dans une voiture avec ses complices, « ces gens-là n'ont même pas peur de la police sais-tu », ils tirent à vue, aussi sur les gendarmes, « Maman je veux savoir qui c'est, tu crois que le géant va venir, il va scruter les allées du GB, il va venir me prendre pour me dévorer à bout portant », onze ans tu amalgames tout, tueries et CCC, dans un pays où l'on avertit courtoisement que les voitures vont exploser mais où il y a une chance sur ouf des millions, mais bon quand l'heure est là, de ne pas sortir vivant de ses courses enfin, tu vis dans un pourquoi pas de neuf provinces où il drache en permanence pour nettoyer le sang des parkings, tu ne comprends pas pourquoi à la télé on dénombre plus de Martens que de Rocky, chaque jour tu apprends un nouveau jour de détention pour Aurell et Cornéa, petit sujet sous Baudouin, tu as l'impression à chaque générique de fin de journal ertébéien que tu l'as échappé quand même belle, l'envie de mordre à pleine dent dans le marasme, onze ans, l'âge où tu commences à te faire à l'idée que ta vie sera l'exact antonyme du mot « aventure ».

*
* *

Dix ans en décembre 1983, automne sismique précédé d'un signe prémonitoire, de ces annonciations dont on se souvient *a posteriori* et qui n'auraient pas dû tromper pourtant : le caniche Boy qui a *groûlé** trois jours au long devant le foyer du salon et tourné sur lui-même, comme une toupie, « vois-tu le chien ? », pour chercher sa queue, « mais qu'est-ce qu'il a donc ?, il est *k'picî** sans doute ! », car en réalité lui seul avait senti venir le cataclysme. Tout rond dix ans en décembre 1983 et, en pleine nuit, Grand-Popa te saute sur le dos pour te protéger, bien plus rudement que quand il te dit, chaque soir, « *Acouvre*-toi, m'gamin* » et qu'il remonte avec précaution la couverture sur toi. Grand-Popa donc s'abat sur toi, car il pense qu'un avion tombé du proche aéroport de Bierset a traversé la chambre, et en bas c'est Maman qui hurle, se croyant possédée de voir cogner contre le mur le tableau représentant un vieux pêcheur, cloué au-dessus du divan où elle est contrainte de dormir par manque de place dans les chambres, et Boy gémit, tourne sot, parvient à saisir enfin, en guise de dernier repère tangible d'une réalité en branle alentour, son appendice caudal toiletté en plumeau de caniche qui passe mensuellement au salon *Ouaf ouaf* à Jemeppe-sur-Meuse. La population de Ruy se retrouve sur le trottoir d'en face, tous *avolés* hors du *casêre*. Branle-bas de peignoirs, de pyjamas, de filets sur les permanentes et les bigoudis, et voilà Wilfried (qui habite cinq maisons plus bas, qui lève toujours sa jambe gauche et son index droit d'un air de prophète avant de faire un pet tonitruant dans le jardin), et Yvette (qui grossit à vue d'œil, de «se manger ainsi toute morte aux *gougouilles*» sur le divan devant la télévision), et Sonia (à qui on ne parle pas depuis, ouf, voilà sûr des années, on ne sait même plus trop pourquoi, mais ce soir-là exceptionnellement, on lui adresse la parole), et Sacha et le Polonais et les Beukeleer, avec Mado et Julien (son mari, ancien syndicaliste, avec sa bouche en coin, sourd comme un pot mais qui, ce soir-là, a bien entendu, «Ça a passé comme un tonnerre, *valèt**»). Et voilà donc un pâté de maisons bras croisés, arrondissant des yeux comme des lampes de tram, tous en attente d'apocalypse. Et les hypothèses fourmillent du bout des dentiers, c'est sûr le terril derrière qui s'est laissé aller, un glissement de terrain, ça il fallait s'y attendre, à bâtir sur des galeries de mine, on ne sait jamais comment la terre travaille, et Mamy ressort l'histoire, d'avant la guerre, de la femme qui était descendue dans sa cave et qui n'était jamais remontée, puis celle de la petite bicoque d'ouvrier dans un autre *casêre* qui, un jour, *sur un pèt une vèsse**, s'était repliée sur elle-même comme un château de cartes. Mais sinistrés de trente minutes, ayant livré suffisamment d'hypothèses quant à la géodésie prolétaire, on rentre parce qu'il ne fait quand même pas bon, et ça ne va pas revenir, qu'on croit. Maman continue, elle, à crever de peur, elle a jusque fait des gouttes dans sa culotte, et la famille s'agglutine dans le salon, autour du poste, tribu des coudes serrés comme en butte aux premiers âges des périls telluriques, *saenenanderthals* branchés sur les radios gagas locales qui colportent des canulars, parlent de la Troisième Guerre mondiale, du *Day After*, c'est sûr Reagan, *nèni* c'est les Russes, c'est l'application du programme de défense anti-missiles *Star Wars* qui chaque soir est exposé au JT avec des tracés didactiques, des fléchages montrant les trajectoires des ripostes et des répliques, la stratégie de la tension étant entretenue depuis le microcosme jusqu'au macrocosme. On a toujours bien fait de prévoir des réserves, d'entasser du sel pour douze ans et de la farine pour trente familles derrière la tenture qui dissimule l'entrée du grenier. « C'est ça qu'on aurait besoin, en cas... », profère Mamy – elle qui rappelle dès qu'elle le peut cette vérité tonitruante : « On n'a jamais si bien mangé que pendant la guerre, quand on descendait à vélo, hein Fredo, dans le Luxembourg toutes les semaines pour aller chercher au lard et au beurre, au marché noir... »

*
* *

Dix ans en 1983, les premiers sillons des vergetures s'esquissent sur ton bas-ventre juste au-dessus de l'élastique de ton caleçon, en harmonie avec les premières fissures qui zèbrent la façade latérale de la maison jusqu'au pignon et que Grand-Popa devra recimenter à la truelle, un dimanche comme de juste, « Va un peu chercher l'échelle, Ginette, *on le va faire* nous deux ». On a eu une belle peur, moins qu'à Sainte-Walburge et sur les hauteurs de Liège, ils ont été plus touchés là, mais on en aura eu une belle de peur, on n'a toujours jamais vu ça... Dix ans décidément sismiques en 1983, premiers contacts quéquettes et tiraillements catimini, premières parties de toucher couler intime, « faire mousser moi », premiers déclenchements amers à même le tissu rêche du caleçon, braguette tendue, frénétique frottis sans technique, dématage bourru de la flûte à veines et à tissu, serrer de toutes ses forces, se laisser aller (le caniche Boy le fait bien, lui, sans malaise ni remords, et il a l'air d'avoir si bon, avec sa langue rose qui lui pend en dehors des babines et qui glette, à souquer de dérisoires coups de son bassin efflanqué sur les pieds de chaque meuble et sur les jambes des visiteurs, « c'est *recta* chaque fois qu'il vient quelqu'un, il faut tenir Boy », et les gens de ne rien dire mais gênés quand même parce que ce n'est pas des manières, même pour un caniche, « mais d'où vient donc qu'il fait ça ?, il n'est plus tout jeune pourtant, il devrait se calmer avec l'âge »). S'agripper donc au fantasme et cravacher, jusqu'à ce que le yahourt perso monte en maquée sécable, ce plaisir blanc cassé qui flaire, *pufkènne** douceâtre, lancinant, dérangeant au contact mais si bon à extraire, même s'il plaque, cette petite étincelle crémeuse du bout de l'arquebuse turgescente, crole de temps moelleux qui fond dans la main pas dans la bouche ni où on voudrait d'autre, paumé silex, tout feu loin du touffu. Surtout pas dire à personne que grumeaux, taire d'instinct ce qui gicle tiède du joujou de jouvence parce qu'on sait intuitivement que crasse, que *bêêêtch*. Pas dire qu'émission de goutte, faire ça en douce, dissimuler les dérobades, simuler l'attention à autre chose. Déballée remballée aussitôt, la honte indurée : éclaboussure de panse, écrémages téléguidés loin du propre linge, *botroûle** miraculeusement remblayée par du lactescent, du liquide qui *tourne à tchacha** quand on y chipote longtemps avec le doigt. Ça se dessine par pétillements, par picotis dans le feutre de la peau tendue sous le manche de supermonomane, ça part de la base, du marécage dessous, des têtards affirmés frémissent plein le limon limable, et s'impose la sensation ovale qui gire entre les trois premiers centimètres du marbre de la poche en-dessous, et ça *spite*, ça *brotche*, glu propulsée des *coyons** remontés à stock, résorbés en leur centre, boule de gomme traversée de lumière, toi premier surpris sur le matelas rance, *tout pété** par la révélation de tes potentiels cachés, par la découverte d'un nouveau puits qui pilonne et jaillit comme ceux au générique de l'univers impitoyable de *Dallas*. Toi roitelet sans divertissement, tu transvases à cru ton anonyme dynastie dans un mouchoir, te frôles au rabais. Circulation de suc, « moi oléoduc », flaque à même l'ego, à pogne que veux-tu, elle file droit, la bavure impénitente, avant le retour au souffle apaisé, à l'ordre, au ralentissement du cœur, à l'ordre, à la paix du cervelet, à l'Ordre.

*
* *

Neuf ans en 1982, et chaque fois que tu vois un fer à repasser, tu ne peux t'empêcher de repenser que cette année-là, Maman a été convoquée au tribunal de Liège pour faire partie du jury qui allait juger Debaive, accusé du meurtre d'une prostituée à coups justement de fer à repasser, et il paraît qu'il a fait ça avec beaucoup de sang froid, Maman ne peut pas trop en dire parce qu'il y a un secret comme « professionnel » dans ces affaires-là, et Maman les secrets elle connaît, comme toutes les mères elle est l'écrin aux paroles, mais n'empêche Maman raconte que Debaive est sorti de chez une prostituée, apparemment sa maîtresse, avec laquelle il venait de se disputer violemment puis il s'est ravisé, est rentré dans l'appartement, s'est emparé du fer et l'a frappée, frappée, frappée, à la tête, à la tête, *mon Dju*, il en mis partout, sur les murs, il l'a tuée, « il l'a tuée », dit Maman avec un petit mouvement de nuque pour souligner la violence du geste de Debaive, un *mazoukèt** qui n'a pas l'air ainsi mais quand il se *måvèle**, ça... et puis il est ressorti et dans la rue, il a levé les yeux vers les fenêtres à l'étage et il a crié « Allez, à demain » comme si la fille vivait encore, comme si de rien n'était et justement rien, surtout pas elle, n'était plus, comme s'il la quittait normalement donc pour dissiper tout soupçon de la part des voisins ou des passants qu'il viendrait à croiser en bas, et Maman raconte ça, elle a vu les pièces à conviction et la projection des diapositives du corps mutilé, du crâne difforme, éparpillé, et tu te souviens même du dossier de presse qu'elle avait constitué, de coupures de journaux jaunissantes qu'elle a rassemblées pendant l'affaire, une semaine au long, chaque jour, elle est allée au palais de justice de Liège et elle était payée, ce n'est pas ça, mais elle revenait toute drôle parce qu'il avait, Debaive, des airs de communiant, un si beau petit jeune homme avec une si belle tête de cheveux, « il aurait fallu voir », un visage d'innocent, tout *crolé*, et sa mère à Debaive avait pleuré au tribunal, invoquant la clémence, elle avait planté la maman de Debaive son regard de mère dans les yeux de chaque juré, et toi à cette époque-là tu regardais le fer à repasser reproduit dans *La Meuse* et la photo de Debaive, et tu te posais des questions parce que deux ans auparavant, tu avais fait ta première communion et tu étais même à trois ans de faire rebelote pour la deuxième, la grande, et toi aussi tu avais l'air gentil et tu avais une belle tête de cheveux, allais-tu finir dans la peau d'un tueur de prostituées ?, Debaive, lui, en a pris pour trente ans, où en serais-tu toi dans trente ans, par où serais-tu passé, combien de têtes impunément fracassées au Calor vapeur, quel serait ton palmarès, à combien de gens aurais-tu dit « Allez, à demain » avec un goût d'amidon dans la bouche, en sachant pertinemment qu'ils n'auraient pas de demain, et qu'a finalement écrit Maman sur le papier qui a partiellement décidé du sort de Debaive ?, jamais tu ne le lui as demandé tu crois, mais tu es sûr qu'elle a acquitté Debaive comme elle t'acquitterait toi, quand bien même tu ferais ta troisième communion sur le banc des accusés du palais de justice, on te photographierait pour *La Meuse* qui jaunirait en un éclair, qu'on vendrait même déjà jaunie pour l'occasion, même si tu as tué des femmes à coups de sèche-cheveux Rowenta, même si tu as imprimé à l'envers la marque Seb sur un front bourrelé par la peur, même si tu éclates une gueule à coup de gaufrier rouge, Maman t'acquittera, même si tu lui chantes « Ne m'acquitte pas ne m'acquitte pas ne m'acquitte pas ».

*

* *

Huit ans en 1981, tu meurs du cou et des bras boudinés, t'arraches au contact du sous-pull marron et des étiquettes qui grattent à la nuque. Tu mimes toutes les publicités que tu connais comme une musique, « Qu'il est malin, hein, le p'tit ? Et comique ». Huit ans, tu confirmes cette identité de bon gros réservoir à feintes réfractaire aux sports d'équipe qui te collera jusqu'au bout à la peau, enfant gavé, enfant gâté, tu te stigmatises, « on n'a que le bien qu'on se donne et les maux qu'on se cherche », comme dit Mamy, infatigable vectrice de la sagesse populaire. Tu rougeoies et gerces aux encoignures, tu te carapaces mollement tandis que cholestérol et triglycérides entament déjà sourdement leur odyssée prépubère à travers ton réseau veineux. Tu deviens bourrelet pensant, né d'une pichenette et envoyé comme par mégarde bouler dans la vie, tu manges sur la table du salon assis par terre sur un coussin, Pacha regardant l'Académie des Neuf, présenté par Jean-Pierre *Foucon* – comme dit Mamy – qui pose à bajoues rabattues des questions à Laurence Badie, à Roger Pierre et Marthe Villalonga ou Sim, installés derrière de petits bureaux dans un échafaudage quadrangulaire découpé en trois cases sur trois. Tu te repais de sons et d'images, le cours de tes choses est un générique, tu t'enfonces dans le divan à côté de Mamy, des heures durant, devant la télévision, et la vie prend une dimension héroïque, pure, américaine, en doublage. *Starnsky et Hütch* – comme l'éternue Mamy – sautent sur des capots et reçoivent des conseils du « grand mèèk nèèk » toujours habillé « droldement » avec des chemises colorées. L'étalon luisant *Back Biouti* – comme le rebaptise Mamy – franchit au ralenti des barrières mirifiques. L'homme qui valait trois milliards *Stivostine* – comme l'agglutine Mamy – éclate une balle de tennis d'une pression de sa main et tu te fais des séances de tendinite à vouloir imiter ton idole, en vain. *La Croisière s'amuse* et s'embarque vers *L'Île fantastique*, avec le nain que Mamy appelle invariablement « le petit homme », jamais le nain, toujours « le petit homme », moins par souci de correction politique que parce que, objectivement, Hervé Villechaise est à ses yeux un petit homme juste bon à tenir dans le creux d'un coude. *Le Riche et le Pauf'*, *L'Amour du riss'*, tout y passe, les dessins animés aussi, *Hèydi* que Mamy adore et que par ricochet tu adores, *Sans famîye* qui fait pleurer Mamy et qui t'étreint la poitrine à l'âge où tu n'as pas encore le discernement de percevoir le fait ridicule que les personnages de Vitalis ou Rémy, croqués grossièrement, ont l'air de marcher sur deux pieds bots. Mamy aime bien aussi « les films à pitch patch », quand ça tire et que ça frappe, elle adore *Brusse Léé* et ne rit jamais autant que quand « Allez, 'tention là derrière, encore un, ils vont en ramasser tous ceux-là, et quand il crie comme ça, c'est qu'il ne va plus faire à le tenir, *Brusse Léé* ». Parfois quand même, tu t'extirpes de la fascination cathodique et tu sors passer une heure dans la baraque aux outils de Grand-Popa, à clouer sur l'établi, à marteler dans le réduit aux silences où flotte, persistante, capiteuse, l'intraduisible odeur du *white spirit*, tu enfouis les mains dans les sacs de graines pour pigeons, te shootes aux fragrances abruptes, te greffes une deuxième main gauche en bricolant à vide – car ton inaptitude manuelle aussi s'est patiemment construite. Autour, les trappes-guillotines imaginées par Grand-Popa pour livrer passages aux poules vers leur enclos herbeux s'abattent dans un clappement, dérobent la lumière, tandis que dans leurs cages les lapins quenottent avidement un sursis de paille sèche dans l'attente de se retrouver pendouillant à un crochet, pelage retourné, sanguinolents, pupille braquée sur rien, musculature à l'air. Huit ans en 1981, sphérique en ton centre comme à tes bords, ton involution s'entame.

*
* *

Sept ans en 1980, jeux dans le jardin, ce terrain d'aventures miné à l'envi par les taupinières. Le despote en qui tu te mues, le temps de monter les trois marches qui y mènent, laisse sa cruauté au bestiaire et élargit son empire de trois pelouses, il refoule de ses steppes minimes les nuées d'invisibles Vandales qui l'assaillent, mène des battues potagères et distribue aléatoirement ses sentences. Sous couleur d'attrait scientifique, il passe des heures à capturer les actifs et les remuants. Mais le Fabre miniature, le pseudo-Maeterlinck est en réalité un Deibler en acte, impitoyable. Les fourmis en particulier pâtissent de ta discrète implacabilité s'assouvissant là enfin, sur le corps grouillant et répété, inépuisable, interchangeable de l'insecte. Car le mille fois semblable est plus facile à mettre à mort que l'exemplaire unique, d'ailleurs en voici encore qui jaillissent dès que la communauté organique et souterraine est émue par quelques coups de talon portés sur le bord mal cimenté du passage. C'est la panique à cinq mètres/heure, et sous la semelle la source aux victimes putatives ne tarit plus dès qu'un nid est dégourdi de son harmonieuse routine. Débandade de rousses, plus rarement de noires. Les six pattes gigotent et offrent trois millimètres de vie dérisoire sur lesquels exercer ton ingéniosité et ta minutie, le bonheur d'une agonie indiscernable et sans conséquences sur le grand cours des choses mais cependant observable dans ses moindres détails, la déresponsabilisation du mal maquillée en passion d'enfant pour les sciences naturelles : or, le pseudoexercice d'autodidaxie ne consistera ici qu'à séparer la tête par rotation, les pattes ou l'abdomen, à transformer une vieille boîte à biscuits en chambre de dépeupleur *spritchant** de l'insecticide dedans puis refermant le couvercle et laissant s'effectuer le gratuit mais nécessaire mystère de l'ankylose. Avec des patiences d'apôtre, ce travail d'ombre en plein midi transforme le fil à linge en gibet de Montfaucon, le moindre poêlon de fer blanc en tonneau des Danaïdes. Tu optes, un jour mutilation, un jour bûcher, tu reconstitues le bombardement de Dresde à la balle de tennis sur une dalle de ciment, tu parviens à percer les appendices avec une aiguille ou à détacher les antennes pour appréhender l'aspect neurologique du désarroi, tu ébouillantes, verses de la colle dans les galeries du labyrinthe vital, figes au contact d'un glaçon, et tu poses les gestes minutieux, calculés, de l'enfance consciente de sa cruauté ; et tu composes la geste indigeste de l'enfance aux massacres refoulés.

*
* *

Six ans en 1979, tu frissonnes de tes premiers rêves glauques en format clip. Tu attends que le monde *fade to grey* sans comprendre ce que ça veut dire, mais tu assimiles ces airs tranchants. Sur l'écran de la télé, quand tu y colles le nez, tu peux sentir le courant qui semble mousser à la surface du verre et son odeur indescriptible, qui ne se retrouve pas. Des millions de points alternent rouge bleu et vert, ces couleurs élémentaires permettent à elles seules de faire surgir le crypto-monde du divertissement. Tu regardes, fasciné, le défilé martial de marteaux arrache-clous. Des murs encerclent un bambin nu, tandis qu'un professeur-pantin dégingandé passe à la moulinette une multitude d'élèves aux yeux de billes, indifférenciés par leur uniforme et qui se résolvent en lombrics de hachis. Des silhouettes rigides suivent aux jumelles un homme déambulant dans une HLM, tu sais qui, équinoxe, oxygène, gêne de vivre. Une grenouille guide à la flûte une folle sarabande d'insectes et de mustélidés, ils vont proclamant *Love is all, yes love is aaaaaall* jusqu'au terrifiant moment où un serpent marin jailli des flots ne fait qu'une bouchée de leur embarcation de joie débridée. Tu débarques dans les *Jardins du ciel*, Jaïro t'ouvre des bras de Christ au sommet du Pain de sucre sur fond de brume électrique et de nuages de synthèse. *Méditerranéenne ma vie sera la tienne*, s'égosille Hervé Villard en fronçant les sourcils comme s'il était vraiment convaincu du bonheur qu'il s'apprête à conquérir. Dans *Video killed the radio star*, un scientifique en tablier blanc évolue dans un décor futuriste, des femmes sont suspendues dans des tubulures de verre, et ton cerveau se calque sur ce laboratoire à fantasmes tenseurs. Une nuit, tu rêves de jeans raides, amidonnés, tu fouilles dans la braguette d'une fillette et tu y trouves un pénis turgescent, le tien, greffé sur son ventre à elle. Une autre nuit, tu enfonces le bras et la tête dans le schiste du terril voisin, et t'y engouffres, absorbant l'ombre. Enfant spongieux, tu rouilles entre bain d'images et réalité saturée, les pieds dans le ru agonisant au fond du jardin de Ruy, tu enjambes un orvet rose aux reflets moirés que tu as coupé en quatre tronçons avec ta petite pelle, ou la carcasse desséchée et creuse d'un hérisson, tu recueilles du bout des doigts les larmes orangées que versent les tôles après l'averse, tu gonfles au contact des orties, suces tes coudes d'herbe, retournes un peu de terre grasse pleine de vers roses et gluants, montés à la surface sous l'effet de l'eau savonneuse que Maman y a versée pour que Grand-Popa puisse en obtenir une boîte d'appâts. *Clicottes** pour seule bannière, tu te campes, organises tes retranchements, piétines mythes et *mâles djèbes**. Tyran sous la rhubarbe, tu cavales vers ton paléolithique inférieur, tu t'imagines seul humain en quelque monde antédiluvien où tu affrontes le tricératops, le plésiosaure, le stégosaure, le T.-Rex, l'iguanodon. Fossile précoce, tu carbone-quatorzes à pleine bedaine, et demain est à chaque fois une friche plus lointaine.

*
* *

Six ans en 1979, le goût du cocktail cacas d'œil, de nez et d'oreille tient chaud à l'estomac, c'est le temps de l'innocence parfaite et pourtant consciente de ce qui te tire vers le bas, depuis le début vers le bas, qui à jamais t'arrime, t'ancre dans le concret de la Langue première. Tenter de récupérer cela. Tenter de rassembler les six petits missiles rouges du Goldorak creux, revenir en trombe à l'âge du jeu pur, juste te ravoir, te reconfiner quelques secondes dans le poing duveteux de la candeur, te réinjecter dans le chosier d'avant, te refourbir de ton coquetier orange, de la baraque aux outils de Grand-Popa, du tout premier livre demandé en cadeau à Maman sur *Les Grandes Découvertes*, du vinyle à pochette jaune sable montrant le Grand Jojo torse nu et affublé d'un képi de légionnaire, de la statuette phosphorescente de saint Gilles donnée par Mamy et qui protège d'une possible cécité brutale une fois la lampe de chevet éteinte, de Charlie le premier nounours orange, de la joue de la voisine Marjolène basculée hilare dans la neige et qui t'inspire ta première pulsion de baiser sur la bouche, de la taie d'oreiller Speedy Gonzales usée comme à la râpe par le contact de ta tempe, des collections compulsives dans lesquelles tu te lances à fond perdu (pierres et minéraux, fossiles à bon marché, boîtes d'allumettes, coquillages, timbres-poste pas tous oblitérés, pièces de monnaie, une du Mozambique, tu imagines ?, et une trouée comme on donnait aux communions dans les années cinquante), des revues, livres, fascicules et journaux que tu dépiautes en maniaque de la paire de *cisettes** pour les recomposer en « fardes de documentation », des modèles réduits de Messerschmitt et de Stukas bariolés de kaki sans souci de vérité historique, de la plus grosse corde de la guitare désaccordée qui garnit le coin de la chambre, du flacon d'eau précieuse qui sent la pierre et que Grand-Popa se flanque à coups de gifles humectées sur le visage, du beau compas et de la mappemonde éclairée de l'intérieur offerts pour la grande communion et qui serviront toute la vie, Grand-Popa, Mamy, Maman te l'ont dit, c'est pour toute la vie. Remblayer sans fin cette enfance unique en toi, jusqu'au ravissement.

*
* *

Six ans en 1979. Mamy « fait sa jambe » dans la cuisine sur un tabouret avec entre les dents son bout de langue dont Grand-Popa soutient qu'elle est « *à talus, i n'a tot qui ride djus*[1] », et « elle voudrait que tu verrais » comme elle s'applique, comme elle trifouille avec minutie dans ses ulcères et ses bourgeons, et les chairs qui reprennent sur les bords, avec des cure-dents et des bâtonnets enduits de rouge pommade à garder dans le tiroir du bas du frigo, « à température ». Mamy dispose de tout l'attirail de l'hygiène et de l'asepsie de fortune aux noms aberrants qu'elle maîtrise en apothicaire – des bandes de Béogaze, du Néofucydin –, et elle passe des heures à poser des emplâtres sur une chair meurtrie, à vif, et il ne reste pas un an sans que tout cela phlébite allègrement jusqu'à *gigler* rouge par à-coups sur le mur bleu de la cuisine, et Mamy trotte, et Mamy peine en remontant marche après marche de l'escalier de la cave la

1. « Une langue à talus, tout glisse dessus. »

grosse charbonnière remplie à ras bord de *neûre hoye**, et en vide le contenu dans la gueule du foyer, ça fait un bruit impossible à rendre par quelque onomatopée que ce soit, c'est ça la vraie mémoire, les impossibles onomatopées, les couleurs inqualifiables et passées sur les plaques sensibles derrière les yeux qui absorbent sans relâche dans le mille-feuille du cortex, et un jour Mamy s'*ècrouke* d'avoir encore – « quand elle a une idée dans la tête, elle ne l'a pas ailleurs », soutient Maman – voulu manger la couenne de jambon d'au moins douze centimètres de long qui est partie dans le trou du dimanche, s'est engouffrée bas pour retourner direct au nœud de toute vie, et Mamy agrippe de ses phalanges blanchies par la pression de la frayeur le bord de l'évier en inox, et le blanc de ses yeux roule dans les orbites, et sa bave s'écoule en filets lents sur la vaisselle en attendant que ça remonte, et inespérément ça remonte dans de ténébreux gargouillis, et une fois l'élément intrus recraché, Mamy éclate de rire comme si de rien n'avait été, du haut de sa sublime indifférence de « Françèsse » à qui rien ni personne ne fait peur. Mamy étale soigneusement à la spatule blanche sur les colliers de plaies qui lui rongent les mollets des pommades et des préparations alchimiques prescrites par le docteur Biquet, que l'on va consulter à Jemeppe dans le quartier même où habitait jadis le guérisseur Antoine. Et il lui arrive de trifouiller dans les trous de ses mamelons rentrés avec un cure-dents, et dans les interstices du foyer avec un fer tordu qu'on coince entre un tuyau et le mur derrière le foyer et elle te répète pour la quatre millionième fois : « 'Tention aux pyrex du foyer quand tu joues près du foyer parce que pour remplacer le pyrex, ça, *paraît*, tu ne sais pas ce que ça coûte, le pyrex d'un foyer », et Mamy s'exclame, à ta moindre bêtise, « Tu en as encore *fait une belle*, tu as encore *fait la part*, tu as encore *fait l'ouvrage* ou *un fameux rouma** » et module le lexique des catastrophes insignifiantes, sur l'air du concerto pour mains cuites et orchestre vaisselier. Elle fait ses poussières dans la quatrième dimension d'un living infini. Mamy cahote, en suivant le caniche Boy sur lequel poireaux, verrues et kystes se mettent, passé un certain âge, à proliférer, et qui perd ses dents d'aboyer trop fort et qui n'a jamais aimé qu'elle et qui ne l'a jamais quittée. Mamy suit Boy le caniche comme un petit chien elle-même, avec des lavettes, un attirail de torchons et de papier-tout absorbant, parfois son mouchoir, pour ramasser quand Boy se laisse aller, Boy qui, à seize ans passés, ne sait plus monter les trois marches roses ni même franchir les bandelettes de plastique vers le jardin, Boy qui *part à bokèts**, petite boule de tétanos et de hargne perdant ses poils par plaques, aux yeux tous deux chassieux mais l'un à la pupille plus grise que l'autre, Boy que Mamy adore, qu'elle ne fera jamais piquer, pas tant qu'elle est là toujours, « ma petite bête », qu'elle suit en boitillant, en ne tenant presque plus sur ses guibolles, comme lui, fragile et oscillante Mamy acharnée à nettoyer elle-même, à ramasser gouttes et traînées brunâtres qu'il perd, « Ce n'est rien hein, je m'en occupe moi-même », Mamy tout emballée dans son peignoir d'odeurs de frais comme Maman seule sait en donner aux vêtements qu'elle a passés dans l'essoreuse tressautante, maintenue à deux mains pendant que le tambour vibre et déverse l'eau suintant de la manœuvre directement dans le *sterput**, Mamy qui a encore de si beaux cheveux et arrive à se plier à 80 ans jusqu'à toucher le sol à plat avec les paumes, Mamy qui te donne aux billets de mille et aux gros dimanches à toi, bénéficiaire exclusif du panier percé qu'elle a toujours été, Mamy trotte derrière Boy qui lui en fait voir « il faudrait voir », mais qui n'est pas malade, « non, non, je vous dis qu'il n'est pas malade, hein moi », jusqu'au jour où le vétérinaire est venu, a confirmé que Boy était malade et souffrait, et qu'il fallait faire, et a fait, une injection à Boy, qui s'est traîné de la cuisine jusqu'au lit de Mamy pour aller la rejoindre une dernière fois, lui prouver une dernière fois qu'il n'avait jamais toléré que *ses caresses* à elle, et Boy a été mis dans un sac en plastique et est parti pour l'incinérateur, comme tout le monde, et quelques années plus tard Mamy a suivi Boy , comme tout le monde, et le grand reflux du temps a absorbé Mamy comme Boy et, avec eux deux, tout le monde d'avant.

*

* *

Six ans en 1979, Grand-Popa arrête de « faire les pigeons ». Tu le regardes aligner des réussites assis toujours à la même place, à la table de la cuisine, côté porte d'entrée. Grand-Popa brasse les cartes grasses des paquets aussi bien qu'il retourne son terrain avec son motoculteur, aussi précautionneusement qu'il tenait ses *colons*. Mais Grand-Popa ne rechigne pas à décapiter les poules à la hache, d'un coup sec sur le billot couvert d'une couche de sang caillé, et parfois il les laisse courir ainsi, jugulaire en perce pulsant à l'air libre. Puis Grand-Popa rajoute plaque sur plaque à ses baraques ou une couche de ciment toujours au même endroit du passage du jardin parce que « c'est toujours bas de là que ça s'en va et on ne sait pas pourquoi, *cint miliårds di nom di Dju* ». Grand-Popa mange tout ce que Mamy déteste, par exemple ces boîtes de cornedbeef qu'il appelle du « singe », conserves rouges marquées d'une cible, au format mystérieux de cône raboté et à clef unique qui s'encoche dans la languette et s'enroule en dévoilant une fascinante compression de viande mouchetée de gras, et que Grand-Popa aime réchauffer dans un poêlon pour former une tambouille à l'odeur écœurante où se distinguent parfois d'étranges anneaux de chair blanche. Grand-Popa empoigne la marmite par les deux oreilles, la bascule et la porte à sa bouche pour lamper le jus dans lequel ont cuit les deux kilos de moules qu'il vient d'engloutir avec force bruits de succions et cinq ou six tranches de pain gris. Grand-Popa, qui a trimé toute sa vie au long, est cet homme de cuir épais et de colères plus épaisses encore. Pendant quinze jours, il peut *brogner, si rimagnî**, se mordre lentement, patiemment, jusqu'au sang, la lèvre inférieure, sans piper mot. Grand-Popa fait aussi des siestes homériques, il ronfle à fendre les plafonds dans son fauteuil, les jambes tendues, la nuque très rejetée en arrière, comme tu l'as vu, la nuque très rejetée en arrière et la poitrine lie-de-vin, étendu sur sa dernière pelouse, tondue jusqu'au dernier brin, et peut-être au moment de tournoyer dans ce sale soleil d'avril 2000 l'âme de Grand-Popa a-t-elle couru comme avant avec toi, quand tu avais six sept huit ans, le long du chemin de l'école primaire, ou peut-être est-elle allée rejoindre la cohorte de ses fantômes – les camarades grévistes à qui les agitateurs syndicaux promettent du *pékèt**, le Noir qui vendait des karabatchas du Katanga vers 1919 sur le marché de la Batte et dont Grand-Popa connaissait la gueulante encore septante ans après, ou encore son frère jumeau effacé à l'âge de deux ans par ce caprice du temps qu'on appelle la mort – en tout cas le gros nez de Grand-Popa ne gouttera plus dans sa soupe, Grand-Popa ne fera plus une figure comme un poing parce qu'il manque une tuile au toit ou que la chasse d'eau court comme chaque dimanche, « allez Ginette, va un peu chercher la boîte aux outils », Grand-Popa ne dira plus que Standard a fait *drawe**, il ne se fera plus des tartines avec du bon beurre et du vrai sel, il ne *zinglera** plus le chien Boy avec la laisse parce que « *i'n'vou nin s'lèyî atteller, crénom di d'ju*[1] », désormais il faut que tu intègres tout l'être qu'il fut, et c'est en toi seul désormais qu'il pourra faire le *grigneûs*, le tchèron, le tièstou* Flamint*, en toi cette part de Tessenderlo, son village où tu n'es jamais allé, où les

1. « Il ne veut pas se laisser attacher, crénom de Dieu. »

tartes sont paraît-il des roues. En toi, cette pureté du monde d'avant, cet amont taiseux de ta Langue première, cet *amon tès autes**.

## Primoglossies

***Tourner à moule***, telle est la version en Langue première de « tourner en eau de boudin ».

Le ***poyon*** (« poussin ») se laisse couver et cajoler par sa maman-poule.

On avale de travers, l'aliment passe par le mauvais trou, celui dit « du dimanche », le ***buzê*** (« la gorge », « la trachée artère ») se colmate, il faut que cela remonte, sinon, crrr, crrrrk, eccrrrrrk, seccrrrrkk, au secours !, on s'***ècrouke***.

***Awêtî***, c'est attendre en guettant et guetter en attendant la proie. *Awête and see…*

Que ce soit en vitesse, en contenance, en intensité, lorsque l'on est ***à mac***, on ne peut l'être davantage, car ce serait trop.

Les ***tèttes*** de Sabrina ***brotchant foû*** de son maillot : revisionner le clip suffira pour comprendre.

***Hagnî***, à pleines dents, à bouche-que-veux-tu, à lèvres rabattues, à mâchoires d'acier, à « mes gencives, c'est du béton » comme dans la pub pour dentifrice, à royales canines, à la Prince de Molaire, au travail infini d'incisive, dans le gigot de la Ciccone, oui, tel fut le fantasme cette année-là et quelques-unes des suivantes.

La ***harlade*** est une explosion de *ha ha ha* en cascade, la forme la plus franche et détonante du rire en Langue première.

On peut se retrouver ***maqué*** (« assommé ») par une maladie, une mauvaise nouvelle ou un coup sur la tête.

Aussi éloquent que *spater*, ***s(i)pråtcher*** donne une assez bonne mesure du mouvement d'écrasement et de pression qu'une masse (en l'occurrence ici un corps) peut exercer sur une autre (en l'occurrence ici un divan).

Boy ***groûle***, sa petite gueule frémit, il étire un aboiement mâtiné de soupirs et de râles, qui râpe son gosier déjà usé par les effets du régime alimentaire auquel le soumet Mamy. Ses mouvements spasmodiques de panique anticipée indiquent qu'il est ***k'picî***, littéralement « pincé », mais ici, comme « possédé ».

***Acouvre-toi***, et la couverture remonte comme par magie sur le corps engourdi de Petit d'On, guidée par les mains précautionneuses de Grand-Popa. « Se couvrir » est un geste machinal. *S'acouvrir* est une mise à l'abri, la plus parfaite dérobade aux dangers circulants du monde alentour. Un séisme même ne menacerait pas Petit d'On s'il est *acouvert*.

***Valèt*** désigne un jeune garçon, mais ponctuant ainsi une phrase exclamative, il ne manque pas d'évoquer de lointaines racines romanes, tel le « vale » espagnol devenu vide de sens, mis à toutes les sauces de l'émotion…

***Sur un pèt une vèsse***, soit sur le laps de temps qu'il faut pour souffler deux flatulences coup sur coup, de natures différentes certes en leurs qualités et fonctions, mais se poussant au train car pressées de se hisser à hauteur d'atmosphère.

Le ***pufkènne*** caresse désagréablement les narines, fait monter la nausée parfois et contribue au plissement dégoûté de tous les traits du visage.

Beau trou que la ***botroûle***. Nom, ombre et nombre d'une vie s'y tapissent. On y trifouille avec l'auriculaire, car cette cavité est à l'écoute de chacun de nos souffles, on en retire le doigt au bout duquel persiste une odeur forte, et dans les meilleurs jours, une *crape*.

De certain liquide corporel malaxé, il n'est rien d'autre à attendre qu'il ***tourne à tchacha***, soit à pas grand-chose, après s'être momentanément solidifié sous l'effet du frottis.

Les ***coyons*** sont le double noyau du *poyon*, qui veille à les choyer.

Les yeux explosent, la bouche s'arrondit, le ventre se cambre devant l'ampleur de l'événement, les joues gonflent, on expulse beaucoup par tous les orifices disponibles de la tête : on est ***tout pété*** sous le coup de la surprise ou de l'émotion.

Rien de plus terrible et redoutable qu'un ***mazoukèt*** (« homme de petit gabarit ») qui se ***måvèle*** (« se fâche »).

Pour les insectes et les parasites, il est recommandé pour s'en débarrasser de « ***spritcher*** de la bombe », cela salit moins les semelles ou les doigts que de les *språtcher*.

La ***clicotte*** est ce chiffon doux avec lequel Mamy passe régulièrement sur les meubles qu'elle frôle, sans aucun esprit de nettoyage systématique, juste parce que l'occasion s'en présente. Toujours en avoir une dans la poche du peignoir.

Grand-Popa t'apprend à arracher les ***mâles djèbes*** («mauvaises herbes») à la racine, sinon elles repoussent, et tu comprends dès lors qu'il n'y a rien de plus dur que d'extraire une racine.

La paire de ***cisettes*** fait, davantage que son homologue les ciseaux, risette au papier et savoure avec une froide cruauté le plaisir de le découper.

La ***neûre hoye*** est le noir diamant de charbon, à l'adjectif antéposé, au *h* exhalé, remontant depuis les profondeurs du diaphragme.

Selon Mamy, l'échelle de gravité des événements est toute relative... Que Grand-Popa se fasse mordre par Boy et que son poing puis son bras prennent une teinte violacée et enflent de manière alarmante, elle s'inquiétera surtout pour la destinée de son chien. Mais que Petit d'On, maladroit de naissance, vienne à renverser un verre de lait ou le contenu d'une boîte de conserve sur le sol, Mamy déclinera toutes les expressions de l'accident domestique, de la plus douce à la plus alarmante: ***faire une belle, la part, l'ouvrage*** et l'insondable ***un fameux rouma***...

Boy perd des «morceaux», ici une dent, là une griffe, plus loin des poils ou des peaux mortes. Il ***part à bokèts***.

Chaque resserre de maison ouvrière est pourvue d'un de ces orifices dans le sol, le ***sterput***, *cloaca minima*, sorte d'accès privatif à l'égout dont la bouche principale est à rue, goulet de l'épaisseur d'un poignet et qui dégage une odeur stercoraire dès qu'on ôte la petite grille en fonte qui le recouvre.

La Langue première permet de désigner ce mouvement intérieur ignoré en français, ***si rimagnî***, soit « se remanger ». Bien plus que de broyer du noir, c'est ronger sa propre rancœur, son malaise et tenter de digérer le malheur par cette ruminante autophagie.

Le ***pékèt*** est l'alcool de genièvre, l'eau-de-vie de la Langue première.

Grand-Popa passe des heures à écouter les résultats des matchs de foot à la radio. En cas d'égalité, il dit : « Ils ont fait ***drawe***. »

Le fouet ne cingle pas en wallon, il tire des cris plus déchirants et laisse de plus profondes zébrures au supplicié s'il le ***zingle***.

Le ***grigneûs*** est ce grognon teinté de grisaille. La finale de l'adjectif signale un trait de la personnalité plutôt qu'un état passager.

Pourvu d'une tête carrée, le Flamand ne peut être jugé que ***tièstou*** (« têtu »).

Dans la Langue première, rien que de logique, la préposition « chez » se dit ***amon***. L'appartenance à une famille se signale par l'adjonction du mot ***aute*** (« autre ») suivi d'un possessif au pluriel. L'expression « chez toi » s'exprime donc littéralement par les termes « Chez tes autres ».

## VII

## 8, manque et pair

Eeet merde, je n'ai plu.
Pétale déminé, je rue.
Dénié, je Le réampute.
Éden épuré, je m'alite,
Manie le jeu de Perte.
« Jeeeee » ? Laid emprunt.
« Patrie » ? Lé*je*nde muée.
« Me » dupé en « je » : le taire !
Demain JE tue le père.

Comment entre-t-on dans le jeu ? Ou plutôt comment le jeu entre-t-il en nous ? Un jour, on franchit une porte, sans qu'on quête rien, sans que l'on croie rien quêter, mais c'est quand même ça qui taraude. Trouver ce qui manque. Retrouver la part perdue de soi, quitte à titiller le hasard pour lui remettre la main dessus.

Pendant huit ans, tu miseras sur la date de ta naissance, comme si tu pouvais ainsi lui, *l'huit*,

« Lui » redonner une chance de retour. Pendant huit ans s'engloutiront tes heures, ton avoir volatil et ton être plus évanescent encore dans ces lieux forclos, hantés par tous les endettés du périmètre qu'aiguillonne le seul espoir de ne pas perdre trop, à tel point qu'ils ne pourraient pas revenir le plus vite possible, le lendemain au plus tard, avec le seul espoir de ne pas perdre trop, à tel point qu'ils ne pourraient pas revenir le plus vite possible, le lendemain au plus tard, avec le seul espoir de ne pas perdre trop, à tel point qu'ils ne pourraient pas revenir le plus vite possible, le lendemain au plus tard, avec le seul espoir…

Pendant huit ans tu élaboreras des martingales, des procédures, des progressions, des anticipations et des atermoiements de mises, à chaque fois différents mais reposant toujours sur le 8, et tu parieras, en plein, en carré ou à cheval, en colonne ou en ligne, sur les hasardeuses encoches définies par les courbes dessinées par ce chiffre (qui t'évoque la forme archétypale de ton premier circuit – *cirque huit ?* – de voitures de courses, tournant indéfiniment jusqu'à ce qu'un carambolage à l'indéterminable cause – peut-être une bosselure non décelée au moment de l'assemblage des fragments du parcours, peut-être la vitesse trop élevée du modèle réduit dans un virage – vienne faire virevolter le dérisoire véhicule et détruise l'harmonie de cette circulation fermée sur elle-même, au motif dont tu apprendras bien plus tard qu'il est la figuration symbolique de l'infini). Avec le zéro – réminiscence du célèbre chapitre de Dostoïevski dans *Le Joueur*?, voisinage obligé du néant et de l'infini?, dépli et résolution mentale de ton chiffre intime, anneau de Mœbius mis à plat? –, le 8 sera ton obsession, huit années durant.

Pour lui, *pour l'huit* et sa misérable Kabbale, seront abolis le temps, la tendresse, la vie. Pour te trouver, te retrouver en lui, le pourchasser, traquer le huit, et derrière lui, *Lui*, il est passé par ici, il repassera par là. Sous le prétexte de lui, de *l'huit*, seront explorés les tréfonds de ton potentiel à l'indifférence, au figement et à la contention. Un dragage intérieur qui confine à la révélation gnostique.

Car, autour de la roulette, plus d'humains, plus de situations personnelles, plus d'épaisseur existentielle ni de valeurs qui tiennent. Autour de la roulette, que des joueurs. Des joueurs, donc des fascinés, des désubstantivés, des désubtantiés, des somnambules aux visages crantés sur un semblant de regard, des mimiques de désespoir ou de surprise, des accès de tics ou des monologues adressés à la mécanique centrale, donc à soi-même à travers elle, car ici il n'y pas de croupier à accuser de mal lancer la bille, et tout un chacun – malgré l'inébranlable conviction du trucage organisé du système, que pondère en vain la garantie officielle que les moindres rouages sont soumis au contrôle d'une commission des jeux – continue à miser, y va de sa tirade, de son plaidoyer, de sa diatribe, jusqu'à atteindre son propre point de non-retour. Certains balaient l'air devant eux, d'autres crachent sur le dôme vitré qui protège la roulette, d'autres ne bronchent pas, mais dedans, les mégatonnes se déchaînent, l'arasement est total. Toi, la machine, tu la traitais de pute. Plutôt, sois précis, de « sale crevée putain de sa race de merde de sale crevée merde de pute de sa race la crevée, crève ou donne, mais donne, sale pute », cette litanie à peine murmurée bien entendu, même pas musée, circulant en infinies variations reichiennes entre ton cervelet et tes pariétaux, mais jamais articulée, formulée, verbalisée, oralisée, car parmi les silhouettes agglomérées autour de la roue de fortune, tu auras été sans doute la plus immobile, n'affectant jamais ni plaisir ni déception, qu'il te vienne 300 ou que tu perdes 1200, pas un froncement de cil, pas un frémissement nasal. Très tôt, il s'agit d'intégrer cette façon de contrôle absolu pour survivre aux bourrades de l'aléatoire. Si l'on ne veut pas tout démolir autour de soi (se remémorer l'histoire de ce parieur qui avait défoncé un écran à coups de chevalière et s'était donc vu contraint, outre sa perte considérable, de débourser les frais de réparation de l'onéreux appareillage), la maîtrise est de mise.

Si l'on ne veut pas écraser les têtes des autres – qui ne sont pourtant pas des « concurrents » ni des « adversaires », mais de simples soumis, contemporains contingents à ta propre soumission – contre les moniteurs, juste parce qu'ils sont là, présents à leur propre existence et, accessoirement, à la tienne. Écraser la tête de Mimi qui fume comme une vieille Viêt *underground* qu'elle est et que tu croises, affichant la même bouille de ravage désabusé depuis ta première fréquentation du lieu ; la tête de l'employé de ministère qui s'exclame à chaque tir de bille d'une voix nasillarde, inhumaine, « Tout le monde descend, terminé » ; la tête de Yougo fils et plus encore celle de Yougo père, à la peau mate et rongée de nuits blanches, qui susurre d'une lippe pendante et méprisante des reproches à l'oreille de sa progéniture et l'oblige à balancer tout ce qui leur reste de chômage sur un seul chiffre, puis l'engueule dans un nuage de mégot de cigare âcre parce qu'il a scrupuleusement obéi à ses conseils ; la tête du préposé qui vient s'accouder et interroge, en balançant un mollet dans le vide, « Ça va comme tu veux/on veut/vous voulez ? » ; la tête surtout du joueur pour qui, effectivement, ça va comme il veut, qui est rentré, léger, aérien, mercurial, alors que tu es là arrimé depuis six heures et que tu as arraché douze euros de gain après d'océaniques fluctuations, et lui qui vide sa carte en une pression prolongée et déjà victorieuse du doigt, met tout *in extremis* avant l'écoulement du temps réglementé sur le zéro (le zéro n'étant plus sorti, il semble important de le constater, depuis cinq heures) et repart avec 900 euros décrétés en un seul coup, le zéro ayant jaculé du néant une corne d'abondance pour cet élu seul, pour ce rare, alors qu'il n'est comme tout un chacun ici qu'un déchet de matrice dans la nasse aux captifs du Dieu Hasard ; la tête de ce jeune assortisseur de rayons dans un magasin d'articles de sport qui dérape systématiquement sur ses subjonctifs et gueule : « Il faut qu'il me le *fait*, hein, allez quoi, je travaille dans une demi-heure, il faut qu'il *vient* hein maintenant, mon *chiff*, ti, ouais » ; même la tête du vieux Gérard, pensionné qui t'explique en long et en large ses problèmes de hernie abdominale et ses multiples hémorragies internes, et avec qui tu te plais à dialoguer en wallon à la stupéfaction des autres joueurs qui se demandent ce que vous pouvez bien baragouiner quand tu lui recommandes : « *Djérâ, vo d'vrin' djoué po gâgni, loukî, la, si ça tome, vo gâgnî mon ki çou qu'vo's'avé mettou* », et lui qui te répond : « *Dji sé bin, m'fi, mè d'ja trop pierdou hîr, valèt, i n'a m' feume ki m'va co barboter*[1]*…* » ; surtout ta propre tête que tu aurais envie de précipiter sur le vitrage maculé, à force d'effleurements, de tes empreintes digitales étirées en arabesques et volutes et couvert d'une pellicule de ton ADN adipeux, pour qu'enfin le maillon, le double maillon du 8 se brise, et que cela s'arrête. Et au moment de te dégager, de te désengoncer, de te désenclaver, de te décoller, simplement de te lever, tu sens la moindre de tes vertèbres geindre, tu secoues l'ankylose de tes avant-bras, tu fais craquer ta nuque raide, tu te transformes en Fred le désossé au terme de chacune de ces séances crève-substance et vide-poche, tu t'ébroues en bête de somme harassée. Il faut dire que parfois tu y es resté jusqu'à dix heures sans manger ; par contre tu n'auras jamais autant bu d'eau de ta vie,

---

1. « Gérard, vous devriez jouer pour gagner, regardez, là, si ça tombe, vous gagnez moins que ce que vous avez misé » « Je sais bien, mon garçon, mais j'ai trop perdu hier, vois-tu, ma femme va encore me gronder… ».

la vente d'alcool étant prohibée dans ce genre d'établissement, ça oui, admettons-le, tu en auras fait, de tantalesques allers-retours entre ton siège et la fontaine à eau gratuite, combien de fois auras-tu ainsi quitté ta position dès la mise déposée pour t'y précipiter, le bruit de ta course étouffé par la moquette, et s'il se trouvait quelqu'un devant toi, qu'auras-tu enduré comme calvaire, car la bille n'attend pas derrière, et qu'auras-tu nourri de fantasmes de désintégration sur cette échine anonyme qui s'éternisait alors qu'à quelques mètres, le sort était en train de s'en jeter, les secondes s'égrenaient ? Le martyre de ta patience atteindra son comble avec l'installation de distributeurs à billets directement reliés au compte en banque à l'intérieur de la salle de jeu. Auparavant, seul le liquide était accepté au guichet de change, il fallait si l'on avait tout perdu ressortir de l'établissement, se rendre à un distributeur public où retirer puis revenir, donc gaspiller un temps considérable, manquer une dizaine, voire une vingtaine de tirages… Mais depuis cette connexion en prise directe avec le compte courant, *ton* compte courant, galopant même, la salle de jeu est devenue cette écluse à liquidités qui fonctionne en autarcie, et le contenu du haut de la clepsydre passe dans l'autre par un goulet à sens unique (puisqu'il n'est par contre pas possible de reverser l'argent gagné sur le compte couru). Et ces endroits pendant huit ans deviendront ton bunker, ta bulle opaque, ta désertique oasis.

Mais tu ne t'y seras enfermé que parce que l'étouffement, c'était dehors. Tu ne te seras cloîtré dans cet arrière-monde régi par le seul Hasard, et qui avait tout de rassurant, de parfaitement cadré – son mode d'accès sécurisé, son fonctionnement simplissime, son personnel compétent – que parce que tu étais en quête de l'ultime cohérence en toi – et qui ne vint jamais. Tu pouvais y satisfaire aux besoins primaires de ta survie, y déféquer, y uriner, y ingérer une nourriture sommaire et t'y hydrater. Ce périmètre est devenu la cellule d'un cloître exosquelettique, et tu y auras connu d'éberluantes extases numériques, au point que, la nuit, tes rêves se déclinaient en trente-sept cases sur le rythme des bruits environnants (sifflements en vrilles sonores, notes basiques, drelin-drelin sonnants et trébuchants) imprimés en bande-son continue dans tes neurones, en acouphènes psychiques, et tu te retrouvais même, durant un pseudo-sommeil devenu à son tour zone de jeu à l'envers du réel, prisonnier de cauchemars anxiogènes – ton argent ne passant pas dans la machine alors que le zéro et le 8 ne cessent de sortir, en diabolique alternance – ou de rêves euphorisants, ponctués de gains pharamineux, exponentiels, infinis.

Tu as rapidement pu réciter comme une comptine d'enfance l'intégralité de la roulette (dont tu avais mémorisé l'inexplicable, l'immuable autant qu'arbitraire organisation numérique, aussi bien dans le sens horloger qu'anti-horloger) ainsi qu'attribuer sans hésitation sa couleur à chacun des chiffres. Et toi qui avais toujours été le plus pitoyable des élèves en mathématiques que le Bassin mosan ait engendré, tu connaissais par cœur ta table de multiplication par 36, l'appliquant même aux décimales impliquées par l'utilisation des centimes, tu multipliais les gains, divisais les rapports selon les enjambements ou la position du pari, soustrayais d'hypothétiques pertes sur ton capital de départ, fantasmais d'addictives additions. Un décodeur modèle « Enigma » à la puissance 36 ? C'était toi. Tu fixais d'emblée la dynamique générale qui allait guider le double plan de ton avenir proche et plus lointain, soit ta tactique et ta stratégie.

Ta tactique concernait le coup immédiat à prévoir après le tirage. Autant dire que cette supputation tenait à la magie pure, puisqu'elle te convainquait, sur base d'une simple observation empirique, qu'après le 32 *allait* sortir le 23, après le 13 le 31, après le 21 le 12, d'office, en vertu de cette règle que le destin se doit d'être réverbéré par un irrationnel effet de miroir. Tu psalmodiais alors des oracles du type « 19 appelle un chiffre en 9 », « Voisin, maintenant, c'est sûr, voisin ! », et aussitôt que cette superstition d'accoudé se vérifiait, tu accédais à la confirmation de la maîtrise, tu soumettais l'aléatoire à ta logique, tu l'avais obligée à cracher les chiffres rémunérant ton stérile labeur. « Eh quoi, tu vas jouer ton huit ? » t'apostrophait-on dès que tu apparaissais, « Eh oui », souriais-tu, et toi seul savais le pourquoi fondamental de cet acharnement. « Ah, t'arrives trop tard, le huit vient de tomber trois fois de suite d'affilée (personne ne redoutant la redondance ici), mais il va sûr revenir», et tu hurlais en ton faible for intérieur : «Tu n'aurais pas pu fermer ta gueule, vigile à tête de fœtus bon pour l'aiguille à tricoter, au lieu de me mettre le nez dans mon ratage ?» Le 8, tu auras tenté de l'appâter, de le débusquer, cette fois avec une visée non plus tactique mais stratégique, en misant en progression croissante – tout en te garantissant des gains périphériques, ou du moins des amortissements, selon une économie de jeu aussi subjective que bancale, et donc quand la bille s'approchait de la zone antipodique au zéro, commençait à lécher le bord du plateau, avoisinait le 24, flirtait avec le 10, trébuchait sur le 5, narguait le 23 ou rebondissait à rebours sur le 30 pour s'encocher dans *ton* chiffre, tu sentais alors cette tension indicible se résoudre en toi, s'apaiser. Une fois le 8 tombé, tout l'univers morcelé alentour se remettait à coïncider, mosaïque retapée quasiment à neuf (puisque à huit), l'édifice écroulé d'une journée de pure perte se restructurait comme par miracle, le rébus sinusoïdal de ta vie reprenait sens et direction, tu avais eu raison d'attendre ta naissance, elle revenait, et du coup, clamant le pair et manque, niait le manqué père, annulait l'abandon, et le zéro torsadé se nouait en double boucle ombilicale autour du cou de son fantôme à Lui, à *l'huit*, et l'étranglait sous tes yeux. *Eight, black*, murmurait alors la voix métallique avec un décalage après la fixation du chiffre. Le centre du plateau se soulevait et engloutissait la bille. Un tintement frénétique se faisait entendre. Tu étais sauvé. Justifié. Présent à toi-même et revenu au stable principe de ta présence et de ta négation.

Renaissant « Saenen » en ce néant.

# VIII

## Les mains de Ginette

*Que sait-on de la vie des gens ? Que ce sont des secrets lovés bas sous le diaphragme, des filons délicats de silences et de rires cassés, des conversations de roses séchées… On n'en sait pas grand-chose.*

« La femme » (car on la dénomme ainsi souvent, « aujourd'hui, la femme vient »), « la femme » est arrivée à l'heure, comme d'habitude, en vingt-cinq ans de service, elle n'a jamais pris de retard, et la vieille l'attendait, « Bonjour *mi fèye*, ça va ? », « Oh oui, Madame, et vous ? » (toujours vouvoyer, même si des liens privilégiés peuvent se nouer au fil des ans entre elle et la personne âgée, elle préfère le pronom de politesse), et elle commence. Le sac de travail est méthodiquement vidé, elle en a normalement pour deux heures. Faire un peu de ménage, préparer le repas, changer le lit, peut-être se charger de la toilette. On verra si la dame accepte, ça. Déontologie, délicatesse et écoute des besoins d'abord.

*Que sait-on de la vie des gens ? Que touche-t-on de leur réalité, de leur présence, tant qu'ils sont là ? Les gens, on en fait l'expérience tous les jours, c'est l'évanescence, la fuite en avant, le moyen terme déguisé en mystère ou en drame, parfois en bonheur… On n'en touche pas grand-chose.*

Elle a commencé à faire la cuisine, elle s'active, elle aime bien faire ça. Aujourd'hui, elle va préparer un beau morceau de lapin, une de ses spécialités, elle a la cinquantaine bien avancée mais toujours le même allant, le même enthousiasme, le même feu au travail. Quand on est là, il faut bien poigner dedans. Le matin, c'est vrai, c'est de plus en plus dur de s'éveiller tôt, de sortir du lit pour aller faire sa journée, surtout que c'est un métier physique, on est raide, le corps trinque, la colonne le sent passer, il faut tordre les serpillières, grimper sur des escabeaux, monter les sacs de commissions mais, une fois chez les gens, en face de leur attente, de leur détresse, il s'agit de s'y mettre, ils en ont tellement besoin, ils sont dans le besoin, alors c'est leur désarroi qui prime. Car il arrive un âge où, pour se déplacer, pour se nourrir, pour se laver, l'être tout entier devient un problème. Et elle est là pour régler ce problème.

*Les mains de Ginette connaissent et touchent la vie des gens. Elles ont bourlingué sur les corps des gens, des vieilles gens surtout, qui parlent sans tarir ou qui se taisent sans rompre. Les mains de Ginette en savent plus sur la nature humaine et la fragilité que mille livres, que mille philosophes, parce qu'elles ont touché les plis et les déplis de la peau des gens, elles ont nourri, épaulé, ramassé, torché, épongé les résidus de cette improbable permanence qu'est la vie des gens.*

On a frappé, hein oui ?, on a frappé, et une autre vieille dame se tient sur le seuil de l'appartement, elle dit, « Madame » (elle l'appelle ainsi, très poliment, mais elle la connaît bien, elle la voit venir chaque jour travailler dans l'immeuble, avec son cabas, elle sait que quand elle n'est pas chez l'un, elle est chez l'autre, qu'elle vient du service social, qu'on peut lui demander des choses même si on n'est pas sa cliente du jour, ni sa cliente tout court), elle dit donc « Madame, je suis inquiète » (sa voix tremble, déjà prête à dérailler sur un sanglot), « parce que je n'ai pas vu Monsieur Clément aujourd'hui, et j'ai frappé et frappé à sa porte, mais il ne répond pas, je crois qu'il est là, mais je n'ose pas ouvrir, et je sais, enfin il me semble, qu'il est là, vous ne sauriez pas, vous (sous-entendu, « Vous la presque infirmière, la dame qui sait comment faire face aux difficultés, vous qu'on a formée à relever une personne en la soulevant par le dessous des aisselles, vous la providentielle dame du service social »), vous ne sauriez pas, vous, venir voir, s'il vous plaît ? », et bien sûr elle accepte, repose l'essuie-vaisselle qu'elle avait en main, ou la cuiller en bois, elle met le lapin sur feu doux, sang-froid, et elle suit la dame à l'autre étage, et lui dit en chemin quelques mots qui rassurent, « Il ne vous entend pas », « N'est-ce pas justement le monsieur qui a un appareil auditif ? », oui elle a déjà croisé Monsieur Clément, non elle ne va pas chez lui, c'est Christine qui y va le jeudi, et elle voit maintenant très bien qui c'est, un petit monsieur bien de sa personne, sans histoire, veuf depuis des années, apprécié de toutes et tous, elle sait même quelle place il occupe à la table quand il joue aux cartes dans la salle commune en bas, avec les occupants des autres appartements de l'immeuble.

*Les mains de Ginette connaissent l'odeur de lait caillé qui tournoie, toujours plus près, toujours plus près, et resserre son étreinte jusqu'à fêler irrémédiablement la mémoire et le cœur des gens... Elles savent la couleur de toutes les substances que peut sécréter le corps des gens. Elles pourraient décrire les mouvements de mâchoires que font les gens quand ils sont contrariés, ravis ou à l'agonie. Elles connaissent la texture intime de la chevelure des gens, des vieilles gens surtout, quand le blanc tombe comme une dernière semonce sur le temps compté, comme un couperet lent sur la tête stupéfaite, chaque jour plus inutilement révoltée et stupéfaite des gens.*

Elle est maintenant devant la porte de Monsieur Clément, et elle ne frappe pas trop fort, elle appelle, doucement pour ne pas alerter le voisinage friand d'événements même minuscules, puis de façon plus affirmée, quand la voisine de palier de Monsieur Clément lui confirme qu'il doit être chez lui, il prévient en général quand il s'absente, même pour peu de temps. C'est bizarre quand même, la voisine l'a vu lundi passé, un peu parlé avec, il avait l'air bien, il lui avait juste dit «*Mon D'ju* que j'ai mal dormi cette nuit, pris de mal à la tête et de vertiges», et qu'il s'était même relevé, qu'il avait dû prendre un médicament, il avait comme la nausée, pourtant il n'avait rien mangé de contraire, et c'était passé comme c'était venu, elle l'entend encore lui raconter tout ça. « La femme » prend alors doucement la clenche froide et elle tourne. La porte n'est pas fermée à clef. Quel genre de petit bond fait le cœur à ce moment très précis ?

*Elles sont marquées de petites rides, d'accidents microscopiques, mais terminées par des ongles durs d'avoir gratté dans les coins, les mains de Ginette, elles fourmillent d'histoires aberrantes, de confessions, de secrets professionnels, elles pourraient parler, même aux plus surannés dans le dialecte d'antan, même aux plus sourds en signes volatiles. Elles sont fripées de déontologie et de compassion, les mains de Ginette, qui ont touché le cuir tanné des nonagénaires, le double menton des héros en voie d'extinction, le sexe renfrogné des perdantes, les lèvres à vif des tourciveuses, la nuque creusée de ceux qui s'acharnèrent, les engelures des précaires, les côtes dures des hommes qui descendaient. Elles savent, les mains de Ginette, que l'être est un tendon pensant, un nombril affamé de feu, une volonté qui cherche sur le tard, parfois trop tard, l'air et le frais.*

Son regard rencontre le corps de Monsieur Clément, étendu dans le hall, égaré dans quel *infra*, déjà loin de la conscience, on ne sait depuis combien de temps. Il faut faire vite, appeler une ambulance, et en attendant qu'elle arrive, puisque chaque geste qui sauve vient bien trop tard et pourrait même empirer la situation, chercher à meubler l'instant le moins absurdement possible. Constater l'ampleur des dégâts. Essayer de comprendre contre quoi Monsieur Clément a tenté de lutter pendant plusieurs heures apparemment. D'où est venue la douleur, pourquoi a-t-elle travaillé si profondément et vrillé les tempes de ce petit homme si sympathique ? Tout est retourné dans l'appartement, des tiroirs ouverts, des objets déplacés sans intention autre que de les déplacer semble-t-il, des bibelots renversés ou brisés. Des bibelots de vieil homme qui vit seul, avec ce que cela comporte de tragiquement futile. Elle remarque, en allant dans la chambre, que Monsieur Clément avait aussi sorti de la garde-robe trois de ses pantalons et les avait déposés, soigneusement pliés, sur son lit. Trois pantalons comme en guise de préparatifs méthodiques pour aller loger dans l'éternité.

*Tout est passé dans les mains de Ginette, tous les objets qui racontent et contiennent momentanément la vie des gens, de l'ivoire rapporté du Congo ou des cristaux inestimables qu'il faut frotter très précautionneusement, des photos du Ghetto de Varsovie ou de la Sicile profonde, des médailles glanées entre les morts au 12ᵉ de Ligne ou des collections de timbres, des langes raclés par avarice puis mis à sécher sur l'étagère de la bibliothèque devant les livres de la Pléiade… Elles ont touché le haut, le bas, l'avant et l'après des gens, elles ont touché plus et mieux que jamais tes mains toujours propres d'intellectuel ne toucheront.*

Elle retrouve le dentier de Monsieur Clément dans un seau en plastique rempli d'eau de nettoyage. Elle le retire du bout des doigts, délicatement.

Comment cette prothèse a-t-elle atterri là ? Où la déposer, tandis que les secours s'activent en désespoir de cause sur la cage thoracique de Monsieur Clément, et crient son nom pour le rappeler de là où il est. Pour le sortir de son mutisme édenté.

*Ce sont les mains de Ginette qui ont tordu cent mille fois le torchon passé sur les pas et les traces laissées par les gens, ce sont des phalanges d'eau et de détergent, des paumes de laque et de savon qui toujours recommencent, qui disent «Allez, madame», «Allez, monsieur» avec la patience pour seul évangile. Ce sont des outils doux qui savent parler aux membres douloureux et à l'enveloppe charnelle, devenue presque de papier, presque transparente, des gens.*

Elle s'active, elle s'occupe des autres locataires aussi, accourus entre-temps, les vieux copains catastrophés, les petites dames traumatisées, elle remue ciel et terre, le docteur traitant vient d'arriver et se renseigne auprès des ambulanciers. Ils se chargent maintenant de tout. « Ça va, Madame, vous avez fait ce qu'il fallait, juste une petite chose encore : est-ce que vous savez où est son portefeuille ? », elle répugne à ouvrir le moindre tiroir, déontologie, des hontes au logis d'autrui, elle téléphone à son bureau pour demander l'autorisation de fouiller, on lui répond «Mais bien évidemment, Madame Saenen, quelle idée de vous justifier de cela dans de telles circonstances... », et cela la soulage, elle le trouve rapidement, tout étant rangé de la même façon chez les individus les plus divers soient-ils, les dissimulations étant partout pareilles, puis elle tombe assise sur une chaise, tandis que quelques résidents s'empressent de lui apporter un verre d'eau ou de lui dire un mot aimable. Elle se sent comme entourée de rois mages. Des rois mages du troisième âge.

Dans ce genre d'immeubles – très bien aménagés pour les personnes âgées, supervisés mais leur laissant en même temps beaucoup d'autonomie, solution intermédiaire entre le maintien à domicile et le home, principe d'ailleurs calqué sur le modèle scandinave – eh bien, dans ce genre d'immeubles, les ascenseurs sont assez étroits et ne peuvent accueillir une civière à l'horizontale. Les malades, les agonisants, *a fortiori* les cadavres, descendent donc debout jusqu'au rez-de-chaussée, soutenus de part et d'autre par les ambulanciers. Ou les croquemorts. Elle a vu derrière Monsieur Clément, vertical malgré tout, le médecin lui faire discrètement un signe « non » de la tête, avant que les portes automatiques ne se referment. Elle regarde sa cliente du matin. Elle lui dit très doucement, parce que la vieille est agitée, il faut bien comprendre ça, « Allez, venez, Madame, je vais finir de vous faire à manger, je vais finir de vous préparer votre morceau de lapin ». Elle n'ajoute pas cette fois cette expression qu'on utilise par ici, dans la langue familière, quand il est temps de partir, qu'on est occupé ailleurs, qu'on a d'autres obligations exigeant votre présence, elle s'abstient de dire « et puis il sera mon heure »... Car c'était l'heure de quelqu'un d'autre aujourd'hui. Elle dit juste « Au revoir, Madame, à la semaine prochaine, et mangez, n'est-ce pas, il ne faut pas se laisser défaire et c'est quand même meilleur chaud », et elle embrasse cette femme à l'appétit coupé, au regard désemparé. Elle ferme la porte, elle emprunte l'ascenseur où flotte encore un relent d'odeur pharmaceutique. Ou peut-être se l'imagine-t-elle. La journée, cette journée unique parmi les milliards de journées, sa journée touche à sa fin et l'économe mémoire du monde se met à évincer, lentement, sûrement, la silhouette de Monsieur Clément.

*Entre les doigts de pied ou dans l'aine des gens, combien de paroles sommeillent, combien de gestes ont vécu et pétillé pour progressivement faner ? Qu'importe combien, pourvu qu'il y ait des mains pour les recueillir, les emmener voguer patiemment, clopin-clopant, sur les canaux de leurs paumes. Car ce sont des voyages, des paysages, des succès, des guerres, des fuites, des erreurs, des enfants morts sur le chemin, des images qu'on préfère passer sous le rabot, c'est la roue des destinées qui tourne sans fin dans la paume claire des mains de Ginette, même si ce ne sont pas des mains de thaumaturge ni de rebouteuse ni même de thérapeute. Ce sont des mains d'aide familiale qui passent sur ce qui passe en général inaperçu, les yeux cloués des vieux, les mains clouées des vieilles, les bouts de seins rentrés, les trois gouttes de pipi qu'on n'a pas su retenir, pardon, pardon Madame, c'est la première fois que ça m'arrive, les os qui font sournoisement des nœuds, le filet qu'on met la nuit sur les cheveux pour s'éveiller encore coiffée – si l'on s'éveille enfin… –, les efforts dérisoires du corps tombé, les sourires et la solitude évacués par petits bouts, la vie des gens, c'est tout cela qui passe, sans fin, dans les mains de Ginette.*

# IX

## Les réponses

– L'ancien monde, c'est le monde en amont ?

– Tu l'as bien connu. Il était directement préhensible, à portée, sans façon, et il t'a contenu. Il a basculé net et aujourd'hui, c'est toi qui le contiens. Ton ancien monde, tu ne peux le transmettre en héritage à personne. Pour le sentir vibrer en toi, tu dois te contenter d'en faire état, de le « constater » comme on dit en vocabulaire colombophile, une fois que le pigeon est tombé et qu'il s'agit de vite noter le numéro de sa bague dans la boîte enregistreuse qui sert à cet effet.

– L'ancien monde, c'est la Langue première ?

– C'est la langue qui ne se tourne jamais sept fois dans la bouche, et se tient tapie sous ton appendice de chair depuis ton enfance unique pour finir par se confondre avec elle. En ces tréfonds, guetteuse, elle n'attend qu'un prétexte, bon ou mauvais, pour resurgir. À la moindre percussion lexicale, au moindre stimulus phonétique perçu ou émis, elle se réhydrate, *èle si khiyèdge, groûle di d'veur i's'dispièrter, si ra, si rapice, èle si sint raviker èt, vigreûse, èle potche èt file come on dzi*[1]. Elle te laisse seul et ébloui.

– L'ancien monde, c'est l'enfance ?

– Tu t'en détourneras, tu la délaisseras, tu la trahiras, tu la bafoueras, tu la pleureras, tu la rembarreras, tu la ressusciteras pour aussitôt la retuer, tu y forgeras tes questions et y puiseras tes réponses, tu la laisseras s'éloigner, tu la suivras sans fin des yeux, tu t'en méfieras avant de la désirer à nouveau, tu t'en échapperas, tu n'appelleras qu'elle quand tu penseras qu'elle t'aura abandonné. Tu attendras son retour jusqu'à comprendre que vous ne vous étiez jamais quittés.

– L'ancien monde, ce sont les racines ?

– Chacun de nous est une racine, plantée dans un drôle de terreau invisible. Certains perdent une vie à savoir comment il aurait fallu pousser. Les autres poussent.

– L'ancien monde, c'est le temps ?

– Chacun de nous est le temps.

---

1. « Elle s'étire, gronde de devoir s'éveiller, se reprend, se ressaisit, elle se sent revivre et, vigoureuse, elle saute et file comme un orvet. »

# POSTFACE

## de Laurence Boudart

*« L'enfance, ce bruit de fond*
*de toute une vie... »*
*F. Saenen*

### Une œuvre-vie

*L'Enfance unique* a été publié initialement en 2017, aux éditions Weyrich, dans la collection « Plumes du coq » dont le catalogue se distingue par un ancrage wallon et bruxellois. La quatrième de couverture parle d'une œuvre disséquant le quotidien d'un enfant unique, avec toute la polysémie que cet adjectif renferme. L'intérieur ne dément pas l'annonce : les lieux, les dates, les événements liés à l'actualité, les personnages (issus du cercle proche ou d'une certaine mémoire collective) s'affichent comme autant de preuves d'une inscription dans le réel le plus tangible et le plus vrai. Les figures appartenant à la sphère privée ressortissent à un microcosme populaire de la région liégeoise, parti pris rappelant le vérisme italien ou, dans nos lettres, les romans de Constant Malva ou de Camille Lemonnier, que l'auteur connaît si bien.

Troisième roman de Frédéric Saenen, après *La Danse de Pluton* (2011) et *Stay Behind* (2014), *L'Enfance unique* s'inscrit dans la veine des récits de filiation et de quête des origines qui caractérise une bonne partie de la production littéraire en français des (au moins) vingt dernières années. Questionnant sa mémoire et son ascendance, l'auteur ne cherche pas à masquer le lien indéfectible, pour ne pas dire essentiel, qu'il établit avec le personnage principal. Y sont en effet réunis les ingrédients définissant ce texte comme autobiographique, en ce compris son nom et son prénom, qui surgissent au fil du récit comme une affirmation, voire un cri identitaire. L'écrivain et le personnage s'entrelacent, s'emboîtent et s'articulent selon un mode énonciatif maîtrisé, tout en se dévoilant l'un et l'autre (ou serait-ce l'un *à* l'autre ?) avec une bonne foi généreuse, qui ne manque cependant pas de la pudeur propre à ceux qui n'ont rien à cacher.

On y découvre l'enfance et l'adolescence d'un garçonnet grassouillet, né en 1973, fils d'une mère célibataire et d'un père qui n'a pas voulu le reconnaître. L'enfant grandit à Grâce-Hollogne, dans le « [p]aysage d'ancien crassier du charbonnage La Vieille Montagne, où la verdure a depuis longtemps repris ses droits » (p. 43). On éprouve de la tendresse pour sa Mamy fière de ses « origines françaises » et son Grand-Popa, originaire de Tessenderlo, dans le Limbourg flamand, aïeuls maternels qui veillent en figures bienveillantes sur ce *Fils d'On*, dont « [l']arbre généalogique n'a poussé que d'un côté » (p. 15). On est ému par les aveux en deux temps d'un ancien accro au casino, qui reconnaît avoir cherché dans le jeu « la part perdue de soi, quitte à titiller le hasard pour lui remettre la main dessus » (p. 125). Et quand on a connu les années 1980 en Belgique francophone, on partage avec un sourire tantôt complice, tantôt nostalgique les traces d'une mémoire partagée qu'égrène un Frédéric Saenen, qui pourrait être un ancien camarade de classe, un fils, un grand ou un petit frère. Pourtant, ce livre ne s'adresse pas qu'à une communauté d'initiés : il renferme une part d'universel qui tient notamment au récit de l'enfance et à la sincérité dont chaque mot est porteur.

## Une construction signifiante

Dès l'entame de *L'Enfance unique*, le lecteur sent que Frédéric Saenen s'apprête à se livrer sans faux semblant, avec la franchise doublée de profondeur que l'exercice de la confession exige. Une série de questions ouvertes donnent le ton ; elles trouveront une réponse de nature philosophique en fin de volume[1]. En optant pour la forme anaphorique, le romancier énumère les grandes thématiques qui jalonneront son roman : « le monde en amont » – c'est-à-dire les origines familiales et, pour ainsi dire, l'inscription régionale ; « la Langue première » – ici, le wallon de Liège ; « l'enfance » – sujet transversal du roman ; « les racines » – ou comment se débrouiller avec un héritage familial et social ; et, enfin, « le temps » – concept qui charpente tout le texte.

Du point de vue de sa structure, le roman est divisé en neuf chapitres de longueur variable, numérotés et sous-titrés, dont deux forment des paires – les questions/réponses mentionnées ci-dessus et les deux chapitres concernant le jeu. Dans ce récit éclaté, chaque partie possède une identité propre, marquée entre autres par son mode narratif. L'auteur s'y raconte au moyen de

1. La formule choisie rappelle quelque peu celle de Jostein Gaarder dans *Le Monde de Sophie* (traduit et adapté du norvégien par Hélène Hervieu et Martine Laffon, Paris, Seuil, 1995).

différentes personnes grammaticales (*je*, *tu*, *il*), choix multiple qui témoigne d'une recherche identitaire, comme le montrent les cas présentés ci-dessous.

Représentative de l'attention portée par l'auteur à l'énonciation, « Demain JE tue le père » est la formule poétique forte choisie pour réaffirmer cette nécessité d'évincer définitivement un père absent dès le départ mais dont la présence fantomatique empêche tout accomplissement personnel. Outre la référence freudienne, on peut aussi lire ce vers, qui clôt chacun des deux poèmes figurant dans le texte, selon une clé lacanienne – chaque vers étant une anagramme de la formule conclusive. *Je* tue le père, certes, mais *tu es* le père à qui je m'adresse en creux, celui qui a refusé par son absence toute possibilité de dialogue et de co-construction, et dont je me débarrasse aujourd'hui grâce à l'écriture.

La narration en *tu* est, de loin, la plus utilisée ; on la retrouve dans les parties III, IV (en alternance avec la 3e personne), V, VI, VII et IX. Dans celles-ci, le narrateur s'adresse à l'enfant qu'était Frédéric Saenen (IV, V, VI, IX) ou au jeune adulte pris par le jeu (III, VII), en actant la distance – temporelle mais surtout existentielle – entre le passé et le présent de l'énonciation. Le tutoiement figure comme un passage nécessaire dans la quête identitaire : « [...] cet enfant enfoui en moi, dessiné à mes propres traits, que je tutoie en attendant qu'il devienne peut-être le fantôme de quelqu'un d'autre. » (p. 18) Ce choix pronominal, on le sait, permet en outre de renforcer la complicité avec le lecteur en activant la fonction phatique qu'induit l'usage de la deuxième personne, atout non négligeable dans une autobiographie.

La partie II, celle consacrée à « La Langue première » se révèle particulièrement intéressante du point de vue narratif car plusieurs modes énonciatifs y coexistent. D'abord, elle est la seule partie du récit où le *je* apparaît, l'auteur-narrateur revendiquant dès la première ligne son inscription dans le présent de l'écriture : « Cela a duré des années. Chaque nuit, entre mes dix et mes dix-huit ans. [...] À quoi tient cette peur, me saisissant encore aujourd'hui [...] ? » (p. 11) La superposition des trois entités (personnage, narrateur et auteur) portée par la première personne ouvre la voie à un récit rétrospectif, majoritairement descriptif, où dominent d'abord les phrases à la troisième personne, avant d'être progressivement associées à des premières personnes, au singulier comme au pluriel ; il y est alors de plus en plus question de « ma Langue première ». Ensuite, cette narration somme toute classique dans un récit autobiographique est brusquement interrompue par une adresse directe : « Langue première, je ne vais pas t'exhumer au théâtre de marionnettes ni dans quelque médiathèque, encore moins dans la sphère du virtuel. » (p. 19) Narrativement, cette interpellation élève la Langue première au rang de personnage, tout en lui assignant un rôle d'interlocuteur privilégié dans le processus de construction de l'homme qu'est aujourd'hui Frédéric Saenen.

Donnant le titre à l'ouvrage, le chapitre VI se présente quant à lui comme un compte à rebours, adoptant la forme verticale représentative de cette plongée dans les profondeurs du temps. Celle-ci s'étale des quinze ans de l'auteur à ses six ans, âge symbolique de l'entrée à l'école primaire et d'une première rupture avec le cocon familial, tout autant qu'avec la Langue première.

Mais pour notre auteur, 1979 est également l'année où « Grand-Popa arrête de "faire les pigeons" » (p. 117), événement qu'il assimile à une première mort de l'aïeul, cette figure paternelle de substitution[1]. L'année en question apparaît à la première ligne de chaque section, comme pour inscrire les faits personnels dans l'Histoire. Ce va-et-vient entre l'intime en train de s'extérioriser et les faits publics renforce le rapport du récit au réel et soutient l'effet d'empathie auprès du lecteur. En faisant appel à sa mémoire, l'auteur renforce le lien de complicité avec celui-ci.

## La Langue première et la langue tout court

Le deuxième tableau de cet ennéagone, au centre duquel rayonne l'auteur-personnage, se consacre tout entier à la « Langue première », qui constitue « l'axe central de [s]on être », telle une « colonne vertébrale et structurante de soupirs et de sonorités » (p. 13). La Langue première – et non maternelle, distinction importante –, c'est le wallon de Liège, dans lequel il se trouve en immersion dès la naissance et qu'il refuse de considérer comme une langue morte, sorte de reliquat folklorico-nostalgique pour pensionnés en cure de réminiscence. Or, de son propre aveu, il ne la pratique plus guère qu'avec les fantômes de son passé, dans un exercice délicieusement régressif, comme un « réflexe animal » (p. 19), un indispensable kit de survie, une planche de salut. Elle lui permet de communiquer avec les morts et de renouer avec les mots des origines,

1. Le grand-père décède 21 ans plus tard, en 2000. Sa mort est évoquée de manière très tendre et poétique par l'auteur dans le même chapitre.

d'exprimer au plus près les odeurs d'autrefois, comme celles du pigeonnier de Grand-Popa et des *gougouilles* réconfortantes, qu'ailleurs on nomme bonbons ou friandises. La Langue première étant la seule capable de rendre compte de certaines expériences, d'exprimer une émotion ou de qualifier une personne, l'auteur a choisi de truffer son roman de termes et d'expressions dialectales, dont le lecteur non averti trouvera l'explication en fin de chapitre ou bien au fil de la lecture, selon les cas. Loin d'être une afféterie à rebours, ce répertoire de primoglossies constitue un intertexte à part entière, qui vient casser la linéarité de la narration. Au surcroît, le fait d'assumer une forme de diglossie dans une littérature qui, au siècle dernier, s'est beaucoup efforcée de gommer ses particularités régionales, est significatif d'une prise de position. Frédéric Saenen n'est d'ailleurs pas le seul auteur de sa génération à revendiquer l'hétérolinguisme : Caroline De Mulder, Nathalie Skowronek ou In Koli Jean Bofane, entre autres, l'accompagnent dans cette voie[1].

Mais la Langue première n'ouvre pas seulement une voie royale vers les souvenirs de l'enfance[2]. Elle incarne également le premier contact avec le potentiel de la langue *tout court*, le code permettant de s'exprimer et de

1. Voir à ce propos le mémoire de Ludivine Dechêne, *L'Hétérolinguisme dans la littérature francophone de Belgique, à travers les œuvres de Caroline De Mulder, Frédéric Saenen, Nathalie Skowronek et In Koli Jean Bofane*, sous la direction de Benoît Denis, Université de Liège, 2020-2021. L'analyse réalisée dans le cadre de ce travail universitaire a nourri quelques-unes des réflexions de cette postface.

2. On aurait également pu développer le motif de l'étranglement, notamment lié à l'usage de cette langue, qui revient plusieurs fois dans le texte.

communiquer, mais dont on peut aussi choisir d'exploiter le potentiel créatif. Ce sera néanmoins en français standard, et non en wallon, que l'auteur forgera ses premiers poèmes, sa « prose tupperware » (p. 77) commise à l'âge de quinze ans, et qui sont l'antichambre de l'écrivain complet qu'il est aujourd'hui – poète, romancier, nouvelliste, critique. Le souvenir du travail d'écriture encore balbutiant s'exprime à l'aide d'une analogie significative avec le monde de la mine : « Tu te mesures à la langue, avec le sentiment d'écrire à la verticale, en puits, cherchant la poche de grisou où ton âme s'étire. Porion mineur, *poyon* désabusé, tu herches et cherches, tu te mets au trou et te fabriques à renfort de lettres et de syllabes les pièces avec lesquelles colmater tes propres brèches. » (p. 78) L'exercice ici décrit convoque à la fois l'univers de celui qui, littéralement et métaphoriquement, va au charbon, et l'image de la verticalité : après avoir plongé dans les profondeurs, on ressort à la lumière comme on accède à la vie. L'écriture, donc, comme (re)naissance.

On sait combien l'auteur va ensuite apprendre à pétrir, à triturer, à presser cette langue pour en extraire le meilleur suc. Et force est de constater, dans ce roman, une maîtrise plus aboutie encore que dans les deux précédents. Le lecteur s'y régale des inventions verbales, des métaphores subtilement filées ou de l'usage opportun de termes rares. Le savoir-faire stylistique de Saenen est tel qu'il peut se permettre un mélange des genres à nul autre pareil, entre références triviales et formulation précieuse, comme dans cet exemple :

> Tenter de rassembler les six petits missiles rouges du Goldorak creux, revenir en trombe à l'âge du jeu pur,

juste te ravoir, te reconfiner quelques secondes dans le poing duveteux de la candeur, te réinjecter dans le chosier d'avant, te refourbir de ton coquetier orange, de la baraque aux outils de Grand-Popa, du tout premier livre demandé en cadeau à Maman sur *Les Grandes Découvertes*, du vinyle à pochette jaune sable montrant le Grand Jojo torse nu et affublé d'un képi de légionnaire [...]. (p. 112)

Il faut savoir que le français est aussi la matière que l'auteur choisit d'étudier à l'université, développant des savoirs et des savoir-faire qui lui permettront d'emprunter l'ascenseur social et d'évoluer dans un milieu où sa langue première n'a plus vraiment droit de cité. Ce n'est sans doute pas qu'un hasard de la vie si, professionnellement, il se consacre depuis plusieurs années à enseigner le *français langue étrangère*, lui pour qui, d'une certaine manière, cet idiome considéré par d'aucuns comme plus noble a été un idiome *presque étranger*.

*L'Enfance unique* révèle la force du langage; celui-ci peut servir tout autant de matériau privilégié pour s'élever, se sauver et rendre hommage (comme dans l'émouvant chapitre consacré aux «mains de Ginette», la mère du narrateur), que de poignard pour prononcer *le* mot qui blesse. Tel celui qu'un gamin «caractériel» d'Heuzémois, village fictif[1] «où Maman a acheté une petite maison de vacances» (p. 72), articulera en deux syllabes fatales, balançant la réalité en pleine figure: «Tu l'apprends, ton unicité, ton originalité, "bâtard", alors que tout ici ne devait être que robinsonnades entre copains, jeux légers et naïfs, bol d'air [...].» (p. 74) Frédéric Saenen nous le

1. Il est curieux que le seul toponyme inventé est le lieu où se produit la blessure qui met à vif son « unicité flottante » (p. 71), mais il s'élucide par le calembour dissociatif qu'il recèle: «Eux et moi.»

rappelle cruellement, la langue peut donc aussi être l'instrument de ce qui blesse et qui clive.

## Unique est l'enfance

Pour l'adjectif *unique*, le dictionnaire établit une distinction sémantique selon que celui-ci est postposé ou antéposé. Dans le premier cas, celui qui nous intéresse ici, il précise qu'est unique celui « qui est seul, sans autre du même genre[1]. » En deuxième acceptation, la définition donne une autre nuance : « Qui est le même pour plusieurs personnes, pour plusieurs choses, pour plusieurs cas[2]. » La contradiction entre les deux définitions saute aux yeux : comment quelque chose peut-il être à la fois sans pareil et commun à plusieurs personnes ? C'est dans cet oxymore et dans le potentiel offert par la polysémie que l'auteur s'engouffre. Tout en renvoyant à une époque de la vie que chacun connait, l'enfance que Frédéric Saenen nous décrit est toutefois unique en ce qu'elle se déroule dans un microcosme donné et des conditions familiales particulières.

Le microcosme, d'abord. Quelques métaphores suffisent à planter le décor et à déclencher une série d'images et de connotations, comme dans cet extrait : « À Ruy, au 203, Petit d'On verra pendant vingt ans passer le monde et la vie dévaler *rûtabal*, à la vitesse de l'eau qui suit la déclivité du trottoir, quand les femmes ont fini de faire leur seuil et flanquent d'un geste ample, presque violent, la savonnée noirâtre hors de leur seau. » (p. 46) Cette phrase est la première d'un sous-chapitre

1. Voir portail du *Centre National de Ressources Textuelles et Lexicales*.

2. *Idem*.

de la partie « Petit d'On », que l'auteur a construit en 12 paragraphes, débutant tous par le syntagme « À Ruy ». Ruy, c'est le nom de la rue de Grâce-Hollogne où « Petit d'On commence son enfance unique au numéro 203 » (p. 43) mais le toponyme ne se limite pas à une référence géographique. Ruy raconte « l'univers laiteux » de l'enfance dont on tente en vain de retrouver le réconfort sur de vieux polaroïds décolorés. Ruy, c'est aussi les voisins formant une constellation de *petites gens* dont les manies et les gestes répétés dénotent l'appartenance à un milieu populaire et bigarré. Tantôt attachant, tantôt franchement *sciant*, ce voisinage décrit à l'aide d'efficaces ressources stylistiques sert également de repoussoir à la propre définition de l'enfance du personnage, loin de celle décrite par la comtesse de Ségur, référence dont se sert d'ailleurs Mamy pour qualifier les enfants de voisins, témoins de Jéhovah.

À travers cet univers familier, c'est aussi toute une région qui est convoquée par métonymie. Celle-ci est marquée d'abord et avant tout, on l'a déjà dit, par une langue propre, le wallon de Liège dont le roman offre de nombreux exemples. Si la configuration du bassin liégeois et son passé minier et industriel sont évoqués, ils ne font pas l'objet d'une attention particulière en soi, si ce n'est à travers leur corollaire, les *casêres* ou quartiers ouvriers, centre névralgique de *L'Enfance unique*. En outre, quelques références spatio-temporelles apparaissent au gré de la narration. Ainsi trouve-t-on quelques indices, parmi lesquels des toponymes – Jemeppe-sur-Meuse, Seraing ; le palais de justice de Liège ; la gare des Guillemins – quartier où *Maman* travaillera un temps comme ouvreuse dans un cinéma qui passe des films classés X – ; le journal *La Meuse* ; le marché dominical de la Batte; la référence au tremblement de terre de 1983, qui a littéralement secoué le territoire local et qui inspirera aussi Eugène Savitzkaya. Cet ancrage territorial, connu et maîtrisé, Frédéric Saenen l'assume comme un trait de son écriture: «Je ne sais pas écrire des fictions sur des endroits que je n'aurais pas fréquentés, à propos desquels je ne pourrais pas rendre de sensations personnelles. Ce serait écrire des textes dé-situés, désincarnés et ce n'est pas mon truc. J'ai besoin d'un ancrage pour faire exister mes personnages[1].»

Le *petit* monde que Frédéric Saenen fait défiler sous nos yeux appartient au passé, à «l'ancien monde» (p. 147), au «monde en amont» (p. 147). À l'instar de Stefan Zweig qui avait son *Monde d'hier*, notre auteur possède quant à lui son «monde d'avant», celui qui un jour «a absorbé Mamy comme [le caniche] Boy» (p. 116). En ce sens, le roman peut également se lire comme un texte de deuil, où l'écriture permet de sublimer la perte tout en renouant avec le lien social qui lie l'auteur à son lecteur. La littérature offre un espace pour observer et décrire ce que le deuil produit sur soi. Comme l'affirme l'une des réponses aux questions initiales, une fois le processus terminé et la nécessaire mise à distance accomplie, on comprend que l'enfance demeure indéfiniment en chacun d'entre nous.

## Avoir des racines

«[A]léa jecté dans le grand débarras de cette vie» (p. 46), Petit d'On est le produit d'un pronom indéfini,

---

1. Nausicaa DEWEZ, « Plumes du Coq. La littérature ici et maintenant », dans *Le Carnet et les Instants*, n° 192, octobre-décembre 2016, p. 32.

fils d'un père que l'auteur qualifie à l'aide de significatifs a privatifs : « [...] *Lui* l'absent, *Lui* l'acéphale, l'amane, l'adycte, l'agambe, l'apède, l'apecte, l'anocle, l'anase, l'anacouste, l'aglotte, l'anaère, l'alingue, *Lui* le géniteur minusculé [...]. » (p. 46) Comment se construire lorsque la naissance est marquée au sceau de l'abandon et du rejet ? Pourtant, on sent la fierté des racines que Frédéric Saenen démêle dans le récit. Il y a celles qui plongent dans le Limbourg voisin, du côté d'un grand-père qualifié de « père de transfert » mais aussi de « pilier, [de] mât ». Ses racines à lui n'ont rien d'exotique, contrairement à celles du géniteur, originaire des Abruzzes. L'auteur hérite du patronyme du grand-père maternel tout autant que de son prénom mais point de sa langue première à lui, cet « idiome raboteux ». Il a des grosses mains qui savent tout faire et « connaît la région comme sa poche » à force d'avoir parcouru les rues comme « charbonnier de métier » (p. 63). Il aime bricoler, s'occuper de ses pigeons et retourner le jardin au motoculteur : une série de compétences manuelles qui font de lui un héros sans cape ni épée, et qui fascinent celui qui deviendra pourtant *intello.*

Dans cette « atypique configuration familiale » (p. 73), Mamy occupe une place tout aussi importante. Elle aime observer le voisinage par la fenêtre et commenter les affaires du monde. Mais plus que tout, elle aime nourrir un Petit d'On ravi de se laisser faire. Chez elle, le gavage est « fait de résistance, un pur geste d'affirmation de soi » (p. 54), sorte de réflexe de survie alors qu'aucune menace ne plane pourtant à l'horizon. Alors Petit d'On mange ce que Mamy lui donne, en particulier « le trop riche, le trop gras, le trop salé, le trop bon » (p. 61), au risque de devoir passer ensuite sur la balance d'un endocrinologue sceptique. À l'ingurgitation alimentaire induite par une mamy gâteau correspond une sorte de régurgitation langagière, où le réservoir des ressources dans lequel puise Frédéric Saenen semble inépuisable.

Enfin, troisième élément de cette famille nucléaire au centre de laquelle trône le petit roitelet, il y a la mère du narrateur, femme dont la discrétion dans la vraie vie doit être à l'aune de la manière dont son fils en parle. Il lui consacre un chapitre à part entière, « Les mains de Ginette », où il rend un hommage poignant à cette aide familiale dévouée. Le déroulé de ses journées de travail sert également de prétexte à un questionnement sur « la vie des gens », ceux qui n'ont pas d'histoire et qui passent inaperçus dans la grande masse des anonymes. Frédéric Saenen leur rend également un tribut sensible, dans lequel on perçoit la reconnaissance envers un monde auquel il est fier d'appartenir. Contrairement à ses parents, Ginette ne participe pas à la transmission de la langue première. Il faut dire qu'en tant que « fille-mère », elle occupe une place en décalage dans l'organigramme générationnel, elle et son fils se positionnant « davantage en duo de frère et sœur qu'en descendance devant ce couple d'aînés » (p. 15).

## Ego ludo

Dans un article publié au moment de la sortie du livre[1], Christopher Gérard écrit : « Avec la famille, absente et présente, le jeu est l'autre personnage de *L'Enfance unique* : le jeu comme simulacre d'évasion, pour s'ex-

1. Christopher Gérard, « Frédéric Saenen, *L'Enfance unique* », *lintern@aute*, 11/06/2017.

traire du spongieux marécage. » À côté des études en philologie romane et de la découverte du potentiel de la Littérature, absentes du récit mais que l'on sent présentes en filigrane, le jeu figure en effet comme un moyen d'échapper à une réalité trop lourde et une tentative vaine de colmater les brèches de la déchirure originelle. En misant sur le 8 de manière obsessionnelle, ce n'est pas seulement à sa date de naissance que l'auteur confie son destin de joueur – il est né le 8 août 1973 – mais également à *Lui*, l'absent, *l'huit*, comme pour lui « redonner une chance de retour » (p. 126). Les deux chapitres consacrés au jeu sont placés en miroir dans l'ensemble du texte – III « 8, pair et manque »; VII « 8, manque et pair » – chacun étant précédé d'un court poème finissant par le vers « Demain JE tue le père », déjà mentionné plus haut. Les homonymes sont ici porteurs de sens : *je* et *jeu*; *pair* et *père* bien sûr, mais également *perd(s)*, comme pour sublimer la perte première du père, celle qui laissera un trou béant à tout jamais.

Mais le jeu est un leurre, ce que l'auteur va mettre huit ans à comprendre, huit longues années à fréquenter des salles garnies de moquette, où l'argent et l'illusion s'échangent contre un « bout de plastique sigillé d'un petit rectangle brillant aux coins arrondis et veiné d'un réseau de fils ténus [...] » (p. 33). Frédéric Saenen régale le lecteur d'une riche description des sensations qui le parcourent au moment où la bille tourne dans la roulette, tout autant que des moindres mouvements de son regard, posé sur les divers éléments essentiels du jeu. Ses mots rappellent ceux de Stefan Zweig (encore !) lorsqu'il décrit, à travers sa narratrice, « le feu jaillissant » du visage du joueur dans *Vingt-quatre heures de la vie d'une femme*. Chez Frédéric Saenen, on ressent à la lecture le même envoûtement que celui assaillant l'héroïne de l'écrivain autrichien, qui s'avoue « aussi fascinée, aussi hypnotisée par sa folie que ses regards l'étaient par le bondissement et les tressautements de la boule en rotation[1]. »

Tandis que le premier chapitre consacré au jeu se veut davantage descriptif, le second se charge de questionnements et d'aveux : « Comment entre-t-on dans le jeu ? Ou plutôt comment le jeu entre-t-il en nous ? Un jour, on franchit une porte, sans qu'on quête rien, sans que l'on croie rien quêter, mais c'est quand même ça qui taraude. Trouver ce qui manque. » (p. 125) L'auteur n'a pas attendu ses exégètes pour livrer l'explication à cette plongée dans la ludopathie. Dans cet immense déni, le casino en tant que le lieu de la dépersonnalisation par excellence, apparaît comme l'allié idéal. Ici, personne n'est personne, ni ne cherche à devenir quelqu'un : « Autour de la roulette, que des joueurs. Des joueurs, donc des fascinés, des désubstantivés, des désubstantiés, des somnambules aux visages crantés sur un semblant de regard [...]. » (p. 127) L'aveuglement que le jeu permet participe du déni, tandis que l'anonymat du joueur conforte celui-ci dans l'idée qu'il n'est, au fond, qu'un « déchet de matrice dans la nasse aux captifs du Dieu Hasard » (p. 129).

1. Stefan Zweig, *Vingt-quatre heures de la vie d'une femme*, [*24 Stunden im Leben einer Frau*] traduction d'Alzir Hella, Paris, Livre de Poche, 2013, p. 51.

## Photographie d'une génération

Impossible de ne pas évoquer, même brièvement, la dimension anthropologique de ce roman. Quel enfant né en Belgique dans les années 1960 ou 1970 n'a pas arpenté les rayons des Epécé, Nopri et autres Spar ? Quel autre n'a pas ingurgité religieusement des pastilles de Fluocaril ? Et quel adolescent de la génération X n'a pas enregistré des cassettes à partir de la radio ? Pour triviaux qu'ils paraissent, ces clins d'œil envers une culture partagée contribuent à créer une connivence supplémentaire avec le lecteur, tout en servant de *realia* riches de connotations.

L'auteur, enfin, revendique le rôle joué par une certaine culture populaire dans son processus identitaire, qui va de la chanteuse au seule tube Corinne Charby à l'émission télévisée l'Académie des neuf, en passant par des séries américaines telles que *L'Île fantastique* ou la *Croisière s'amuse*. Issues des années 1980, celles-ci forgent un paysage référentiel qui plante un décor générationnel tout autant que social. Chez les Saenen, l'univers culturel se construit essentiellement à travers la télévision et la radio. Parmi ces références, une place de choix revient à Madonna. Plusieurs pages sont consacrées à la star américaine et servent de prétexte à des digressions sur la sexualité débutante. L'arrivée de l'interprète d'*Open your heart* dans la vie du jeune héros, à 14 ans, marque le début d'une nouvelle étape vitale. Il sort de l'*enfance unique* et de la Langue première pour entrer dans le babil de la libido d'ado et pour découvrir la force d'attraction de « l'anglais [qui] te pénètre par les pores, t'embrase par ses suggestions mal dégrossies et ses métaphores brutes, ses liquides, ses diphtongues [qui] te sont en un tournemain familières [...] ». La langue, les langues, encore et toujours...

# ÉLÉMENTS BIOGRAPHIQUES

Frédéric Saenen est né en 1973 en région liégeoise. Il est licencié et agrégé en philologie romane de l'Université de Liège (1995), avec un mémoire portant sur l'œuvre de Louis-Ferdinand Céline. Il vit actuellement à Liège où il enseigne le français langue étrangère à l'université de sa ville depuis 1997.

Depuis 1999 et son premier recueil poétique publié, Frédéric Saenen développe une œuvre multiple, composée de poésie, de nouvelles et de romans. En tant qu'essayiste, il s'est intéressé à des auteurs tels que Pierre Drieu la Rochelle ou Camille Lemonnier, ainsi qu'au genre pamphlétaire. Il a également préfacé une dizaine d'œuvres écrites par des tiers (non reprises en bibliographie). Depuis 2003, il s'exerce également à la critique littéraire, dans diverses revues imprimées et blogs en ligne (essentiellement *Le Carnet et les Instants* aujourd'hui). Entre 2003 et 2006, il a assuré la codirection de la revue *Jibrile* et, depuis 2018, il est rédacteur en chef de la *Revue générale.* Il donne régulièrement des conférences littéraires et assure des lectures publiques.

# BIBLIOGRAPHIE SÉLECTIVE


**Poésie (recueils principaux)**

*Seul tenant*, Paris, L'Harmattan, 1999. (Prix Georges Lockem 1998.)

*Avec les nullipares*, Amay, L'Arbre à Paroles, collection « Traverses », 2000.

*Mécanique du prodige*, Amay, L'Arbre à Paroles, collection « Traverses », 2003.

*Qui je fuis*, Liège, Le Fram, 2003.

*Quatre femmes*, Bruxelles, MaelstrÖm, 2009.

**Romans**

*La Danse de Pluton*, Neufchâteau, Weyrich, collection « Plumes du coq », 2011.

*Stay behind*, Neufchâteau, Weyrich, collection « Plumes du coq », 2014.

*L'Enfance unique*, Neufchâteau, Weyrich, collection « Plumes du coq », 2017. (Prix George Garnir de l'Académie Royale de Langue et de Littérature françaises de Belgique, 2017.)

**Nouvelles et récits**

*La Porte à côté*, publiée dans le cadre du projet Architexto, Fourre-tout, volume n° 5, 2007.

*Motus*, Le Grognard, 2010. Recueil de six nouvelles : « Ciel de lit », « Chez les Lanzarotte », « Motus », « Vous avez du courrier », « Centre de gravité », « Le Livre aux Visages ».

*Franck*, publiée en plaquette par la Fédération Wallonie-Bruxelles à l'occasion de la Fureur de Lire 2012, rééditée dans *Fenêtres sur court*, Bruxelles, Espace Nord, 2021.

**Essais littéraires**

*Dictionnaire du pamphlet de la Révolution française à Internet*, Gollion, Infolio, 2010.

*Drieu la Rochelle face à son œuvre*, Gollion, Infolio, 2015.

*Camille Lemonnier, le « Zola Belge », Déconstruction d'un poncif littéraire*, Préface de Myriam WATTHEE-DELMOTTE, Bruxelles, Éditions de l'Académie Royale de Belgique, collection L'Académie en poche, 2019.

*Le Faux Belge*, Introduction de Jean-Baptiste BARONIAN, préface et édition établie par Frédéric SAENEN, Paris, Éditions Pierre-Guillaume de Roux, 2020.

# TABLE DES MATIÈRES

ACHEVÉ D'IMPRIMER EN NOVEMBRE 2022
PAR SMILKOVPRINT (EU)